Ludwig Hindelang

Nimm's leicht, nimm mich

Franz Brack Verlag, Altusried

Umschlag und Illustrationen: Eberhard Neef

Texte: Ludwig Hindelang
Alpenstraße 26, 87484 Nesselwang
Telefon 0 83 61/31 16

1. Auflage
ISBN 3-930323-39-7

Zugspitzstraße 2 a, 87452 Altusried
Telefon 0 83 73/92 05-20

INHALTSVERZEICHNIS

Sprösslinge

„Vati, ich möchte Omi heiraten!" „Aber du kannst doch nicht meine Mutter heiraten, Junge!" „Warum denn nicht? Du hast doch auch meine Mutter geheiratet!"

❀

„Bei wem möchtest du lieber bleiben, bei deinem Vater oder bei deiner Mutter?", fragt der Scheidungsrichter den Jungen. „Kommt darauf an", sagt der Kleine, „wer den Videorecorder bekommt."

❀

„Warum spricht denn deine kleine Schwester immer noch nicht?" „Das hat sie nicht nötig, sie braucht nur zu heulen, dann kriegt sie alles, was sie will!"

❀

Der Vater sagt zum Sohn: „Es gibt wichtigere Dinge im Leben als Geld." – „Das stimmt, Papi, aber ohne Geld kann man sie sich nicht leisten!"

❀

„Du, was ist denn eigentlich ein Witwer?", fragt die Bärbel den Peter. „Wahrscheinlich der Mann von einer Witwe!", meint der.

❀

„Aber Hansi. Man streut den Hühnern doch keinen Kakao ins Futter." – „Doch, doch, Tante. Sie sollen doch Schokoladeneier legen!"

❀

„Wie gefällt dir denn dein neues Brüderchen?", wird der Peter gefragt. „Überhaupt nicht!", meint der, „der ist schon als Opa auf die Welt gekommen: Keine Haare auf dem Kopf und keine Zähne im Mund!"

„Lilli, wo ist denn das Geld, das ich dir gestern gegeben habe?“ – „Ich habe es vorhin einer alten Frau gegeben, Mama.“ – „Du bist ein braves Mädchen. Was war denn das für eine alte Frau?“ – „Sie hat Bonbons verkauft.“

❀

„Mutti“, ruft Susi, die das Familienalbum durchblättert, „wer ist eigentlich dieser blondgelockte junge Mann mit der Athletenfigur?“ – „Aber Susi, das ist doch dein Papi.“ – „Ach so“, meint Susi, „aber wer ist dann dieser kleine Dicke, der in der Küche immer abspült?“

❀

Die Nicole kommt ohne Rechenaufgabe in die Schule. „Entschuldigen Sie, Herr Schmitt, Sie waren gestern so blass, da habe ich gedacht, Sie wären heut krank ...“

❀

Der Vater beobachtet, wie sein Sohn eine Biene zertritt. Sofort wird er pädagogisch: „So geht das nicht! Jeden Tag isst du eine Honigschnitte zum Frühstück und nun zertrittst du einfach eine Biene. Zur Strafe gibt es ab heute ein Jahr keinen Honig mehr!“ Am Nachmittag fahren die beiden mit dem Auto aufs Land, dabei überfährt der Vater aus Versehen einen Vogel. Sagt der Sohn: „Soll ich es der Mutter sagen, oder sagst du es ihr selber?“

❀

Ein kleiner Junge zu seinem Papa: „Der Lehrer hat gesagt, in Afrika gibt es Stämme, da lernt der Mann seine Frau erst nach der Hochzeit kennen.“ – „Das ist nicht nur in Afrika so, mein Sohn!“

Fritzchen soll für die Schule einen Aufsatz über die Abstammung seiner Familie schreiben. Er fragt seine Mutter nach ihrer Herkunft und der Herkunft der Großeltern. „Der Storch hat dich gebracht“, erzählt ihm die Mutter. Nun fragt er seinen Vater nach seiner Herkunft und erhält die gleiche Antwort. – Am nächsten Tag muss er seinen Aufsatz in der Schule laut vorlesen: „Schon seit Generationen kam in unserer Familie keiner mehr normal auf die Welt!“

❀

„Wer von euch weiß, was Mumien sind?“, fragt der Lehrer in der dritten Klasse. Meldet sich Fritz: „Eingemachte Könige!“

❀

Oma: „Wer hat denn bei euch im Wohnzimmer die große Scheibe eingeschmissen?“ – „Das war die Mama – aber der Papa ist schuld, weil der sich gebückt hat!“

❀

„Meine Tochter muss jeden Abend um zehn ins Bett!“ – „Hält sie das auch ein?“ – „Die Zeit schon, aber die Adresse nicht.“

❀

„Papa, wenn du mir zehn Euro gibst, erzähl ich dir, was der Postbote immer zu der Mama sagt!“ – „Da hast – jetzt erzähl!“, meint der Vater gespannt. „Guten Morgen, Frau Müller, da ist Ihre Post!“

❀

Fritzchen sitzt in der Badewanne und fragt: „Mama, wo ist denn der Waschlappen?“ Sagt die Mutter: „Der ist draußen, Zigaretten holen.“

„Isch der Vater zur Erholung?“ – „Na, d’ Mutter isch doch mit!“

❀

„Du Vati, was ist ein ‚Transvestit‘?“ – „Da musst du Mutti fragen, der weiß das!“

❀

Der Lehrer gibt für den kommenden Tag die Aufgabe auf: „Beschreibt mir die Tapeten eurer Wohnung!“ Am nächsten Tag liefert Mäxchen den kürzesten Aufsatz ab: „Meine Eltern haben mir das Beschreiben der Tapeten verboten!“

❀

Der Patrick kommt stolz von der Schule heim. „Heut war ich der Einzige, der dem Lehrer seine Frage beantworten konnte!“ – „Und was hat er gefragt?“ – „Er wollte wissen, wer die große Scheibe im Gang eingeschmissen hat!“

❀

„Bue –, des schönschte Weihnachtsgeschenk für mi wär, wenn du an guete Schüeler werde dätscht!“ – „Zu spät, Baba – i han dir scho a Krawatt kauft ...“

❀

Ein Geschwisterpaar sitzt zum ersten Mal zusammen in der Wanne. Sagt die Hanni: „Was hosch du do? Darf i amol spiele dermit?“ – „Kommt nicht in Frage, du hosch scho de deinige weggrisse!“

❀

Zum ersten Mal sitzt der Kleine gemeinsam mit dem Papa in der Badewanne. Ganz aufgeregt kommt ’s Büble zur Mama gesprungen: „Mama, Mama, hoscht du des gwisst, dass eiser Papa a Bue ischt?“

Der Sprössling will vom Vater wissen, wo der Pazifik ist. „Do muescht d' Mama froge, die raumet allat auf!"

❀

„Mutti, kannst du uns erklären, was Erotik ist?" „Mein Gott, Kinder, was ihr alles wissen wollt. Bin ich Mutter von zehn Kindern oder ein Lexikon?"

❀

Vater: „Also, Junge – statt den ganzen Abend brutale Krimis im Fernsehen anzuschauen, solltest du lieber raus in die Küche gehen und deiner armen Mama bei deinen Hausaufgaben helfen!"

❀

Die Mutter vom Fritzchen hat Drillinge bekommen. Da ruft der Onkel an und fragt: „Wie heißen denn deine neuen Geschwister?" Da sagt Fritzchen: „Wenn i de Vadder am Telefon richtig verschtande hab, heißen se Himmel, Arsch und Zwirn."

❀

Zwei kleine Jungen spielen am Strand. Ein wunderschönes junges Mädchen im Badeanzug kommt vorbei. „Guck sie dir an", sagt der eine, „wenn ich eines Tages mal aufhören sollte, Mädchen grässlich zu finden, dann ist eine wie die dran schuld!"

❀

Paulchen läuft schluchzend zur Mutter: „Papa hat sich mit dem Hammer auf den Daumen gehauen!" – „Du bist aber ein liebes Kind! Aber deswegen brauchst du doch nicht zu weinen." – „Das dachte ich auch. Deswegen habe ich ja zuerst auch gelacht."

Der Vater fragt die kleine Lisa, was sie sich denn zum Geburtstag wünsche. „Einen Tampon!“ – „Weißt du denn, was das ist?“, fragt der Vater. „Nein, aber ich habe gehört, man kann damit schwimmen, tanzen, reiten und sogar Tennis spielen!“

❀

Peterchen schaut durchs Schlüsselloch in das Zimmer der Hausangestellten. Da sagt die Mutter: „Lass das! Es geht dich nichts an, was Paula macht.“ – „Ich will ja auch nur sehen, was Papa macht!“

❀

Die gute alte Tante Ida guckt entzückt in einen Kinderwagen. „Ach, wie niedlich! Zwillinge! Wie reizend! Sind's denn eineiige oder zweieiige?“ Die junge Mutter errötend: „Keines von beiden, es sind Mädchen!“

❀

Im Konfirmandenunterricht: „Wo lebte Johannes der Täufer?“ – „In der Wüste.“ – „Richtig! Und wie nennt man die Männer, die in der Wüste leben?“ – „Wüstlinge.“

❀

In der Deutschstunde fragt der Lehrer: „Gibt es den Begriff Lebensgefahr in der Mehrzahl?“ – „Ja, Herr Lehrer, Lebensgefährtinnen!“

❀

Der Vater fragt seinen Sohn: „Warst du heut brav in der Schule?“ Sagt der Kleine: „Ja klar, was willst du denn schon anstellen, wenn du den ganzen Morgen in der Ecke stehst.“

„Könnt ihr mir einmal die Elemente nennen?" – „Feuer, Wasser, Erde, Luft und Kognak." – „Was soll denn das heißen: Kognak? Das ist doch kein Element." – „Doch, wenn mein Vati die Kognakflasche nimmt, dann sagt Mutti immer: ‚Nun bist du wohl wieder in deinem Element!'"

❀

Müller will einen Nagel in die Wand schlagen, aber der wird krumm. „Jürgen", sagt er zu seinem Sohn, „hol mir mal aus der Küche die alte Beißzange." Jürgen geht in die Küche und ruft: „Mami, Papi will dich sprechen!"

❀

„Mama, du hast gesagt, bei uns gäb's keine Ratten und keine Mäuse, das stimmt aber nicht!", erklärt die Bärbel. „Der Papa hat nämlich gesagt, dass die Ballettratte im ersten Stock knackig ist und die zwei Mäuschen über uns auch nicht ohne sind!"

❀

In der Schule: „Wer kann mir denn sagen, was eine Braut ist?" Max meldet sich: „Eine Braut ist ein Fräulein, das noch keinen Mann hat, aber schon einen weiß!"

❀

„Mein Junge ist erst neun Monate alt und läuft schon!" „Meiner ist erst achtzehn Jahre alt und sitzt schon!"

❀

Die Lehrerin erklärt: „Heute werden wir lernen, wie der erste Mensch geschaffen wurde." Murrt die Klasse: „Wir möchten lieber hören, wie der dritte Mensch gemacht wurde!"

In einem Mädcheninternat will eine vorlaute Schülerin den Lehrer in Verlegenheit bringen: „Stimmt es, dass Ihr Vater als Junge in diesem Dorf die Gänse gehütet hat?“ – „Das ist richtig, und wie Sie sehen, bin ich diesem Beruf treu geblieben!“

❀

Durch den Hinterhof in Berlin schallt es laut: „Maark!“ Keine Antwort. „Maaaaaark!“ Endlich meldet sich der 14-jährige Mark: „Wat is denn Muttern, ick bin jerade mit einem Mädchen zugange!“ – „Na jut“, ruft die Mutter, „ick dachte schon, du rauchst wieder!“

❀

„Susi, was machsch du, wenn du mol so groß bischt wie dei Mama?“ – „Dann mach i a Abmagerungskur, Onkel Fritz.“

❀

Die Tochter kommt vom Zahnarzt nach Hause. „Hat es weh getan?“, fragt die Mutter. „Überhaupt nicht“, ist die Antwort, „und morgen gehe ich wieder hin, dann will er sich meine Zähne ansehen!“

Wortspielerei

Als wir noch in der Wiege lagen
da gabs noch keine Liegewagen.
Jetzt kann man in den Wagen liegen
und sich in allen Lagen wiegen.

Kinderaufsatz-Stilblüten

„... wie ein roter Faden zieht sich die Periode Maria Theresias durch die Geschichte Österreichs ..."

„... ich bin das einzige Kind meiner Eltern. Mein Vater ist im Sommer ein Taglöhner, im Winter Sozialdemokrat. Mein Großvater hat eine Kakterienverkalkung ..."

„... man sah überall nur lachende Gesichter, von denen sich manche brüllend vor Freude den Bauch hielten ..."

„... vom Onkel wurde das Schwein sofort in die Scheune gebracht und dort mit dem Großvater kurzerhand geschlachtet ..."

„... am Bahnhof öffnen dann die Beamten den Leuten die Türchen und zwicken sie, denn ohne Loch dürfen sie keinen fahren lassen ..."

„... in Prag sind die Häuser so hoch und eng aneinandergebaut, dass man zwischen ihnen nicht hindurch könnte, wenn keine Straßen da wären ..."

„... auf dem Herbstmarkt werden dem Herrn Bischof und dem Herrn Landrat die größten Ochsen vorgestellt ..."

„... während der Rauferei wurde dem Wirt sein zweites und letztes Ohrwatschel abgerissen ..."

„... wir fuhren lustig in die Ferne, plötzlich hatte mein Rad eine Panne. Ich schob es zum Brunnen im nächsten Bauernhof. Dann hängte ich mein Loch so lange unter das Wasser, bis Blasen kamen ...“

❀

„... in den Ferien war es sehr schön. Einmal hat mich meine Tante in den Zoo mitgenommen, da war ein großer Käfig mit Affen. Mein Onkel war auch dabei ...“

❀

„... meine Oma hat so starken Rheumatismus, dass sie die Arme kaum über den Kopf heben kann. Mit den Beinen ist es genauso ...“

❀

„... wenn man beim Zubettgehen die Kerze nicht auslöscht, kann man beim Aufstehen erstickt oder gar verbrannt sein ...“

❀

„... einmal hatten wir ein Schwalbennest in unserem Klo. Immer wenn ich im Klo saß, hörte ich etwas zwitschern ...“

❀

„... unsere Häsin hat seit drei Tagen Junge. Vorher hat sie ein schönes Nest gemacht aus Laub und Stroh. Dann hat sie sich die Haare aus dem Bauch gerupft und das Nest ausgepolstert. Welche Mutter würde das tun?“

❀

„... beim Roten Kreuz widmen sich Männer und Frauen nur der Liebe. Manche tun es umsonst, manche bekommen es bezahlt ...“

Sprüche und Weisheiten:

Wo man Liebe aussät, da wächst Freude empor.

Am meisten lernen Kinder, wenn sie ihre Phantasie frei entfalten können.

Das Schlimmste an der heutigen Jugend ist, dass man nicht mehr dazugehört.

Die unbequemste, härteste, aber barmherzigste Art, Kinder zu führen, ist, ihnen nachahmenswertes Vorbild zu sein. (Peter Horton)

Wenn ich den Kindern auch nur einen Teil des Leides ersparen kann, das ich erfahren musste, dann habe ich nicht umsonst gelebt. (Josefine Baker)

Das sicherste Mittel, Kinder zu verlieren, ist, sie immer behalten zu wollen. (Adolf Sommerauer)

Die Jugend soll ihre eigenen Wege gehen. Aber ein paar Wegweiser schaden nicht. (Pearl S. Buck)

Als ich vierzehn Jahre alt war, war mein Vater für mich so dumm, dass ich ihn kaum ertragen konnte. Aber als ich einundzwanzig wurde, war ich erstaunt, wie viel der alte Mann in sieben Jahren gelernt hatte. (Mark Twain)

Viel wirst du geben, wenn du auch nichts anderes gibst als dein Beispiel.

Junge Liebe
I love you

Es sagte die Ingrid zu Friedhelm: „Der warme Glanz in deinen Augen spiegelt alle deine heimlichen Wünsche, du Ferkel!“

❀

„Hör mal, meine Eltern gehen heute ins Theater. Du kannst mich ja besuchen kommen“, schlägt Freddys neue Freundin am Telefon vor. Freddy rennt sofort in die nächste Apotheke und kauft eine Packung Präservative. Als er abends bei dem Mädchen eintrifft, sind die Eltern gerade im Aufbruch. „Sie können ja mitkommen“, schlägt der Vater vor. „Oh ja, gerne“, erwidert Freddy mit hochrotem Kopf. „Ich wusste ja gar nicht, dass du so wild aufs Theater bist“, zischt ihm seine Freundin zu. Darauf er: „Und ich wusste nicht, dass dein Vater der Apotheker ist.“

❀

„Haben Sie ein Parfum, das junge Männer anlockt?“, fragt ein Mädchen in der Drogerie. „Und ob! Aber das ist so verführerisch, dass wir es nur zusammen mit Antibabypillen abgeben können.

❀

„Darf ich heute mit meinem Freund dein Auto nehmen?“ – „Geht leider nicht, Töchterlein, das Benzin ist alle.“ – „Ach, das macht nichts, dann bleiben wir eben in der Garage!“

❀

Der Vater kommt die Treppe herunter und fragt seine 15-jährige Tochter: „Sag mal, warum liegt deine Mutter schon wieder bewusstlos in deinem Zimmer?“ – „Sie ist doch selbst schuld, wenn sie immer mein Tagebuch liest!“

Es sagte Herr Haase zu Werner: „Junger Mann, ich muss mich doch sehr über Sie wundern. Jetzt ist es schon drei Uhr morgens, und Sie wollten meine Tochter doch spätestens um Mitternacht nach Hause bringen, und außerdem, das ist ja gar nicht meine Tochter!“

❀

„Hier hast du deinen Ring zurück! Ich liebe einen anderen“, sagt sie zu ihrem Verflossenen. „Dann gib mir seine Adresse“, fordert der junge Mann. „Du willst dich an ihm rächen?“ – „Nein, ich will ihm den Ring verkaufen!“

❀

Frage an die Tochter: „Weißt du, welches das sicherste und billigste Verhütungsmittel ist?“ – „Nein.“ – „Richtig!“

❀

Hartmut zu Detlef: „Du, ich habe meine erste Freundin. Was muss man sagen, um sich angenehm zu machen?“ – „Du musst schmeicheln und dick auftragen. Etwa so: ‚Fräulein Inge, ich finde vor Sehnsucht nach Ihnen keinen Schlaf mehr, essen und trinken kann ich kaum noch ...‘ So etwas macht Eindruck!“ Zwei Tage später sagt Hartmut zur Angebeteten: „Fräulein Inge, wenn ich an Sie denke, vergeht mir der Appetit ...“

❀

„Wenn wir erst verheiratet sind“, sagt Annette zu ihrem Verlobten, „werden wir drei süße kleine Kinder haben, zwei blonde Jungs und ein rothaariges Mädchen.“ – „Wieso weißt du das schon so genau?“ – „Weil ich sie dann von meiner Mama abhole!“

Bevor Herr Kuhl heiratete, holte er sich im Detektivbüro eine Auskunft über seine Braut ein. Die Auskunft lautete: „Der Ruf der Dame ist einwandfrei. In letzter Zeit hat man sie allerdings oft in Begleitung eines gewissen Herrn Kuhl gesehen, dessen Ruf miserabel ist.“

❀

Endlich sind die frisch Verheirateten alleine. „An was denkst du jetzt?“, flüstert er. „An das Gleiche wie du ...“, haucht sie. „Gut“, sagt der junge Ehemann, „wir rennen jetzt in die Küche und wer zuerst dort ist, der kriegt die Leberpastete ...“

❀

Als die junge Dame mit ihrem Partner nach der Tanzpause ziemlich zerzaust den Saal betritt, verbeugt sich ein junger Mann lächelnd vor ihr und fragt: „Darf ich um die nächste Tanzpause bitten?“

❀

Zwei altjüngferliche Schwestern leben, jeder Männlichkeit abhold, gemeinsam in einem kleinen Häuschen. Ihre einzige Freude ist eine große schöne Katze, die aber nie das Haus verlassen darf – wegen dem Kater. Eines Tages heiratet die eine der beiden Schwestern doch noch. Schon am zweiten Tag der Hochzeitsreise erhält die Zuhausegebliebene ein Telegramm von der Hochzeitlerin; der einzige Satz lautet: „Lass sofort die Katze raus ...!“

❀

Vor der Haustür fragt der junge Feriengast das einheimische Mädchen: „Können wir nicht wenigstens miteinander korrespondieren?“ – „Ja, gerne“, sagt sie, „aber leise, damit es Mutter nicht merkt!“

„Sie sind schwanger", sagt der Arzt nach der Untersuchung zu dem jungen Mädchen. „Unmöglich, Herr Doktor, ich habe nie mit einem Mann geschlafen!" – „Denken Sie mal genau nach." – „Also, da war nur ein Flieger, der sich einmal über mich gebeugt und mir gezeigt hat, wie man Flugzeuge in der Luft auftankt!"

❀

Der Sepp geht mit seiner Braut zum Pfarrer, weil sie heiraten wollen. Am nächsten Tag trifft der Pfarrer den Sepp und er sagt zu ihm: „Ich habe gestern nichts sagen wollen, aber deine Braut ist ja schon in der Hoffnung!" – „Aber", versichert der Sepp, „ganz gewiss nicht von mir, Herr Pfarrer!"

❀

„Ist dein Freund wirklich so stürmisch, Uschi?" – „Nein, leider nur windig!"

❀

Ein Liebespaar im Streit: „Wenn du mein Mann wärst, würde ich dir Gift geben", faucht sie. Da sagt er: „Wenn du meine Frau wärst, würde ich es nehmen!"

❀

Im Flugzeug unterhalten sich ein Herr und eine nette junge Dame. Sie sagt, dass Sie gerade vom Nymphomaninnenkongress aus Ibiza kommt. Sagt er: „Oh, sehr interessant, was gibt's denn da Neues?" Sagt sie: „Na, es ist eben ganz klar 'rausgekommen, dass die Indianer die meiste Ausdauer haben, und die Schwaben sind am geilsten." Sagt er: „Ach, ich habe ganz vergessen, mich vorzustellen, mein Name ist Winnetou Häberle."

„Du hattest mir fest versprochen, mich im Sommer zu heiraten“, beklagt sie sich. „Ja, nun sei mal ehrlich, war das überhaupt ein Sommer?“

❀

Marion zur Freundin: „Ich hasse es, auf Partys zu gehen, wenn ich nichts Neues zum Ausziehen habe!“

❀

Der flotte Student war krank. Eine junge Dame erschien in seiner möblierten Bude mit einem Blumenstrauß. Der alten Dame, die öffnete, erklärte sie möglichst forsch: „Ich bin seine Schwester.“ – „Sehr erfreut“, sagte die alte Dame lächelnd, „ich bin nämlich seine Mutter.“

❀

„Was machst du, wenn ein hübsches Mädchen dir erlaubt, bei ihr zu schlafen?“ – „Wach bleiben!“

❀

Die junge Ehefrau: „Jetzt muss ich sofort ausprobieren, wie sich mein neuer Name schreibt. Hast du mal einen Scheck da?“

❀

Ein süßes junges Ding dachte, sie müsse ein bisschen Spaß haben mit einem etwas steif aussehenden Soldaten bei einer Cocktailparty. Also ging sie hin und fragte ihn, wann er das letzte Mal Sex gehabt hätte. Wie aus der Pistole antwortete dieser: „19 56.“ – „Kein Wunder, dass Sie so verschlossen aussehen“, antwortete sie, „ich glaube, Sie brauchen unbedingt mehr davon.“ – „Ich bin nicht sicher, ob Sie mich verstanden haben“, kam seine Antwort, „es ist doch gerade erst 20 14.“

Ingelore zur Freundin: „Als wir neulich im schönsten Schäferstündchen waren, klingelte das Telefon." – Uschi: „Und wie war da eure Reaktion?" – „Ich habe den Hörer abgenommen und in die Muschel gesagt: ‚Kein Anschluss während dieser Nummer.'"

❀

„Wie nennt man jemanden, der unverheiratet ist?" – „Ledig, Herr Lehrer!" – „Und jemanden, der verheiratet ist?" – „Erledigt!"

❀

Der Doktor untersucht die junge Dame und sagt: „Liebe Frau, ich kann Ihnen eine erfeuliche Mitteilung machen!" – Sie sagt: „Ich bin noch ein Fräulein, Herr Doktor!" – „Liebes Fräulein", sagt der Doktor, „dann muss ich Ihnen eine unerfreuliche Mitteilung machen ..."

❀

Es sagte der Cowboy, als er das Brandeisen erhitzte, zu seiner Braut: „Du wirst ein paar Tage auf dem Bauch liegen müssen, aber ich kann mir einfach keine Verlobungsringe leisten!"

Übrigens:
Ein Verlobter ist ein Vorarbeiter.
Ein Ehemann ist ein Zwangsarbeiter.
Der Hausfreund ist ein freier Mitarbeiter.
Ein alter Mann ist ein Schwerstarbeiter.
Der Pfarrer ist ein Schwarzarbeiter.

Sprüche und Weisheiten:

Eine Minute ist oft entscheidend für eine schwache Stunde.

Viele wollen die Tochter des Hauses auf Händen tragen, um selbst wieder auf den Füßen stehen zu können.

Viele Verbindungen werden erst durch eine Entbindung gekrönt!

Das Glück ist das Einzige, was sich verdoppelt, wenn man es teilt. (Albert Schweizer)

Nur ein glücklicher Mensch kann andere glücklich machen. (Phil Bosmans)

Wo Licht im Menschen ist, scheint es aus ihm heraus.

Was ist Liebe? – Eine Hütte mit keinem Palast tauschen wollen, Untugenden und Fehler lächelnd übersehen, Hingabe ohne geringstes Zögern.

Gibt es eine bessere Form mit dem Leben fertig zu werden als mit Liebe und Humor?

Der Geist, der allen Dingen Leben verleiht, ist die Liebe.

Willst du geliebt werden, liebe!

Ohne Moos
nix los

„Unser Traum von einer teuren Wohnung geht jetzt in Erfüllung!“ – „Habt ihr etwa im Lotto gewonnen?“ – „Nein, der Hausbesitzer erhöht die Miete!“

Herr und Frau Meier leben auf großem Fuße und die Leute wundern sich darüber. Die einen sagen: „Herr Meier hat früher viel verdient und sich etwas zurückgelegt.“ Andere sagen: „Frau Meier hat sich früher etwas zurückgelegt und dabei viel verdient.“

Der alte Millionär ist gestorben, und nun versammelt sich die Familie gespannt zur Testamentseröffnung. „Meiner Frau hinterlasse ich meine Villa“, verliest der Anwalt, „meine beiden Söhne erben mein Barvermögen und die Autos. Und meinem Schwager, der stets zu sagen pflegte: ‚Lieber gesund als reich‘, vermache ich meinen Jogginganzug.“

Ein Bettler an der Haustür bekommt von der gnädigen Frau zwei Mark mit den Worten: „Aber bitte nicht versaufen.“ Der Bettler schaut sich das Geld in seiner Hand an und sagt aufmüpfig: „Hören Sie mal, ich kann mit meinem Geld machen, was ich will!“

Ein Schotte kommt in ein Hotel und fragt: „Was kostet ein Zimmer für eine Nacht?“ – „Im ersten Stock drei Pfund, im zweiten Stock zwei Pfund und im dritten Stock ein Pfund.“ Da dreht sich der Schotte wortlos um und will wieder gehen. „Sind Ihnen etwa unsere Preise zu hoch?“, fragt der Portier. „Das nicht, aber Ihr Hotel ist mir zu niedrig.“

„Sag mal Eva, warum hast du eigentlich geheiratet?“ – „Weil er viel Geld hatte!“ – „Und warum lässt du dich dann jetzt scheiden?“ – „Weil ich jetzt das Geld habe!“

❀

Ein Seemann möchte einen Kredit. „Haben Sie denn einen Bürgen?“, fragt der Bankbeamte. „Wie bitte?“ – „Haben Sie Freunde auf Ihrem Schiff?“ – „Nein, keinen einzigen.“ – „Wie kommt denn das?“ – „Ich bin der Koch!“

❀

Ein Ehepaar hat drei Kinder. Sie liest in der Zeitung: Ab dem vierten Kind gibt es neuerdings 640 Euro Kindergeld. Da bekennt er Farbe: „I hab an Bue nebeduß.“ Er fährt los und holt den Jungen. Als die beiden wieder kommen, sagt sie: „Do wird nix draus, der Nachbar war do und hot bei uns zweie abgholt!“

❀

„Ich habe unserem Nachbarn etwas Geld geliehen, weil er völlig auf dem Trockenen sitzt!“ – „So, so, mir hat er erzählt, ihm würde das Wasser bis zum Hals stehen!“

❀

„I glaub, es isch gscheiter“, hot dr sell Knecht gsagt, „i gib mei Geld liaber em Wiat wia em Dokter!“

❀

„Geld alloi macht au it glücklich“, hot dr sell Säger gsagt und hot glei de ganze Wochelohn versoffe!

❀

„Verzeihen Sie – Sie schulden mir noch 100 Euro!“ „Schon verziehen!“

Weihnachtsgeld
Laut Verfügung der Geschäftsleitung wird das Weihnachtsgeld für das Jahr 2002 nicht in Form von Bargeld, sondern in Form von Büchern vergütet.
Diese Maßnahme ist mit dem Betriebsrat abgesprochen und soll zur Erhöhung der Allgemeinbildung beitragen.
Für die einzelnen Berufsgruppen sind folgende Bücher vorgesehen:

Direktoren: „Gauner im Frack“
Abteilungsleiter: „Wenn das Gewissen schweigt“
Buchhalter: „Der Millionendieb“
Rechtsabteilung: „Der Gewissenswurm“ oder nach Wahl: „Der Meineidbauer“
Lager/Warenabteilung: „Gewissen in Aufruhr“
Sekretärinnen: „Nackt unter Wölfen“
Konstrukteure: „Und bauten am Abgrund“
Betriebsrat: „Denn sie wissen nicht, was sie tun“
Sachbearbeiter: „Der Gejagte“
Telefonistinnen: „Zwischen zwei Fronten“
Botengänger: „Soweit die Füße tragen“
Werkschutz/Pförtner: „Der Spion, der aus der Kälte kam“
Sonstige Angestellte: „Betrogen bis zum jüngsten Tag“ oder „Verdammt in alle Ewigkeit“
Auch die ehemaligen Betriebsangehörigen, die im Rentenalter stehen, sollen berücksichtigt werden. Sie erhalten das Buch „Hunde, wollt ihr ewig leben?“
Die Verteilung der Bücher wird in der ersten Dezemberwoche erfolgen.

Sprüche und Weisheiten:

Der Neidige wird ärmer, wenn er andere reicher werden sieht.

Der größte Reingewinn wird oft bei schmutzigen Geschäften erzielt!

Armut ist zwar keine Schande, aber sie verschließt doch die Tür zu manchen Ehren.

Des Nachbarn Henne erscheint uns eine Gans.

Menschen, die nach immer größerem Reichtum jagen, ohne sich jemals Zeit zu gönnen, ihn zu genießen, sind wie Hungrige, die immerfort kochen, sich aber nie zu Tische setzen.

Ich weinte, weil ich keine Schuhe hatte, bis ich einen sah, der keine Füße hatte.

Das Geld des Geizigen, das Unbehagen, Mühsal, Verblendung und Schlaflosigkeit verursacht, ist kein Geld, sondern nur eine Krankheit des Herzens.

Nicht wer wenig hat, sondern wer viel wünscht, ist arm.

Was nützt dir Liebe, Glück, Bildung und Reichtum, wenn du dir nicht die Zeit gönnst, sie in Muße zu genießen.

ZIEL
Sport ist Mord

„Das geht ja noch“, sprach die Ehefrau befriedigt, als er erzählte, er sei in seinem Verein zum zweiten Vorsitzenden gewählt worden. „Die Rolle kennst du ja von zu Hause!“

❀

Drei Freunde reden über die Leistungen ihrer Frauen im Sport. „Meine schafft im Hochsprung 2,20 Meter!“ – „Das ist noch gar nichts! Meine hat gestern im Weitsprung 7,30 Meter geschafft!“ Sagt der dritte: „Meine hat vor vier Wochen einen Seitensprung gemacht und ist bis heute noch nicht wieder zurück ...“

❀

Zwei Golfspielerinnen sitzen nach Loch 18 an der Theke, als die eine die andere fragt: „Was wäre dir lieber, wenn dein Mann sein Handycap verbessert oder wenn er dich betrügt?“ – „Natürlich wäre es mir lieber, wenn er mich betrügt.“ – „Warum denn das?“ – „Weil ich mir das dann nicht von morgens bis abends anhören müsste.“

❀

„Warum hast du denn dem Fußballspieler beim Tanzen eine Ohrfeige gegeben?“ – „Wegen eines Regelverstoßes.“ – „Was hat er denn gemacht?“ – „Hand im Strafraum!“

❀

Bei einer Bergtour zeigt der Heiner dem Emil eine Gletscherspalte: „Da ist vorige Woche mein Bergführer hineingefallen.“ – „Das ist ja furchtbar!“, entsetzt sich der Emil. „Halb so schlimm“, beruhigt ihn Heiner, „da haben sowieso ein paar Seiten gefehlt!“

Der Teufel ruft bei Petrus an und schlägt ein Fußballspiel vor – Himmel gegen Hölle. „Einverstanden“, sagt Petrus, „aber ich möchte euch gleich darauf aufmerksam machen, dass wir alle ehemaligen Fußballgrößen bei uns haben. Ihr werdet haushoch verlieren!“ – „Da wäre ich mir nicht so sicher“, feixt der Teufel, „wir haben nämlich alle Schiedsrichter!“

❀

Nach der zweiten Runde zischt der Trainer seinem Boxer ins Ohr: „Ich dachte, du seist scharf auf die Goldmedaille und nicht auf den Friedensnobelpreis!“

❀

Ein Reporter erhält den Auftrag über ein neu und sehr luxuriös erstelltes Altenheim zu berichten. Er beschließt, in der Schwimmhalle zu beginnen. Dort fallen ihm drei ältere Damen auf, die mit enormer Geschwindigkeit, er hat Probleme ihnen zu Fuß zu folgen, die Bahnen absolvieren. Er beschließt, sie zu interviewen. Zunächst die Drittschnellste: „Ach wissen Sie, ich bin schon als Kind geschwommen und war in meiner Jugend deutsche Meisterin.“ – „Aha! Und Sie, gnädige Frau?“ Er wendet sich an die Zweitschnellste: „Ich war zum ersten Mal als dreimonatiger Säugling im Wasser und später war ich Europameisterin!“ – „Ah ja, und Sie“, spricht er die Schnellste an, „waren direkt nach Ihrer Geburt im Schwimmunterricht und Weltmeisterin?“ – „Nein, ich habe nie Sport getrieben. Bei mir brachte das der Beruf mit sich.“ – „Ach?“ – „Ja, ich war Prostituierte in Venedig und habe Hausbesuche gemacht!“

Der Leichtathlet erzählt seinem Freund: „Ich laufe 10.000 Meter in 25 Minuten und springe hinterher noch 2,30 Meter hoch.“ „Kein Wunder“, erwiderte der Freund, „bei dem Anlauf!“

❀

„Du musst mehr Sport treiben, Hartmut! Denk doch mal an unsere Vorfahren, wie die stark, widerstandsfähig und gesund waren!“ – „Na und? Trotzdem lebt von denen heute kein Einziger mehr!“

❀

„Du, Schatz“, sagt der Ehemann zu seiner Frau, die Hand schon am Einschaltknopf des Fernsehers, „willst du noch etwas sagen, bevor die neue Fußballsaison beginnt!“

❀

„Sir“, sagt der Butler, „haben Sie heute schon in der Times gelesen, dass ein Mann seine Frau mit dem Golfschläger umgebracht hat?“ – „Sehr interessant, wie viel Schläge hat er denn gebraucht?“

❀

Wie lange dauert ein Fußballspiel zwischen Kolumbien und Jamaica? – Keine Minute, da die Kolumbianer die Linien schnupfen und die Jamaicaner das Gras rauchen.

❀

Es sagte eine Golfspielerin zu ihrer Kollegin: „Ich habe mich zwischen dem 1. und 2. Loch verletzt!“ Antwort: „Das ist aber peinlich, da hält doch gar kein Pflaster!“

❀

Alte Sportler-Weisheit: „Frisch gedopt ist halb gewonnen!“

Männer
sind wie Zigarren,
wenn sie ausgehen
werden sie
schlecht

So unnütz wie Unkraut, wie Fliegen und Mücken,
so lästig wie Kopfweh und Ziehen im Rücken,
so störend wie Bauchweh und stets ein Tyrann,
das ist dieser Halbmensch, sein Name ist Mann.

Er steht nur im Weg rum, zu nichts zu gebrauchen,
ist immer am Meckern und ständig am Fauchen.
Er ist auf der Erde, ich sag's ohne Hohn,
vom Herrgott die größte Fehlkonstruktion.

Ein Mann ist ganz brauchbar, solang er noch ledig,
da ist er oft schlank und sein Körper athletisch.
Da ist er voll Liebe und voller Elan –
kaum ist er verheiratet, wird nichts mehr getan.

Als Jüngling wollte er dauernd kosen und küssen,
als Ehemann will er davon nichts mehr wissen.
Verlangst du dein Recht, dann wird er gemein;
er gibt Dir 's Gebiss und sagt: „Küss dich allein!"

Unterhalten sich zwei gestresste Ehefrauen: „Was ist ein Mann in Salzsäure?" – „Ein gelöstes Problem!"

❀

„Du, Petra, ich habe gehört, von deiner Blinddarmoperation sei eine ziemliche Narbe zurückgeblieben." – „Sag deinem Mann, er sei ein Schwätzer!"

❀

Die Veronika sagt zur Senz: „Mei Mann ist allweil so deprimiert!" Drauf die Senz: „A Depp ischt der meinige o, aber prämiert ischt er no it woare!"

„Finanzamt München-Ost“, meldet sich die Telefonistin, „wen wünschen Sie zu sprechen?“ – „Niemanden. Ich fand Ihre Nummer nur im Jackett meines Mannes!“

❀

„Donnerwetter, Elvira! Du hast aber ein schickes Kleid an!“ – „Ja. Pariser Mode. Neueste Kreation. Es nennt sich ‚vorletzter Schrei'!“ – „Vorletzter Schrei?“ – „Den letzten wird mein Mann ausstoßen, wenn er die Rechnung sieht!“

❀

Eine alte Frau sitzt mit ihrem Kater in ihrem Sessel und poliert eine Lampe, die sie auf dem Dachboden gefunden hat. Da ertönt eine Geisterstimme: „Du hast mich befreit und hast drei Wünsche frei.“ Die Frau zögert nicht lange und sagt: „Ich möchte reich sein. Ich möchte jung und schön sein. Und mein Kater soll sich in einen wunderschönen Prinzen verwandeln.“ Alles das geschieht, die Frau kuschelt sich an ihren Prinzen. Dieser flüstert ihr ins Ohr: „Tut es dir jetzt nicht ein bisschen leid, dass du mich hast kastrieren lassen?“

❀

„Wie bist du mit deiner neuen Sekretärin zufrieden?“– „Das war ein großer Fang. Sie erfindet so fabelhafte Ausreden, dass sogar meine Frau daran glaubt!“

❀

Meine Luise hat einen Kuchen gebacken mit 18 Kerzen drauf. Ich frage sie: „Was feiern wir denn heute?“ – Sagt sie: „Mein Sommermantel wird volljährig!“

Die gnädige Frau läuft seit Tagen mit verheultem Gesicht herum. Schließlich ist sie am Ende ihrer Kraft. „Minna“, sagt sie, „von Frau zu Frau, glauben Sie, dass mein Mann ein Verhältnis mit seiner Sekretärin hat?“ Diese tritt einen Schritt zurück und sagt: „Wollen Sie mich eifersüchtig machen?“

❀

Frau Stöberfeld will an einem Marktstand Äpfel kaufen. „Ich brauche die für meinen kranken Gatten“, sagt sie, „sind die mit irgendeinem Gift behandelt?“ – „Nein“, erwidert der Händler, „das müssen Sie schon selber tun!“

❀

Die U-Bahn ist brechend voll. Sagt Georg zu der neben ihm stehenden Dame: „Da oben links ist ein Haltegriff!“ – „Danke, ich habe schon einen!“ – „Ich weiß, aber ich muss leider aussteigen.“

❀

„Claudia, wenn du beim Anziehen nicht so langsam gemacht hättest, hätten wir den Zug noch gekriegt!“ – „Und wenn du nicht wie ein Verrückter zum Bahnhof gerannt wärst, müssten wir jetzt nicht so lange auf den nächsten Zug warten ...“

❀

Es gibt Frauen, die nehmen jede Liebelei für bare Münze und es gibt andere, die nehmen bare Münze für jede Liebelei.

❀

Mensch Peter, was ist passiert? Du gehst am Stock! Gestern habe ich dich doch noch putzmunter mit der niedlichen Blonden gesehen.“ – „Ja, meine Frau auch!“

Fragt der Richter im Vaterschaftsprozess: „Wie ist Ihr Name?“ – „Erika Hintermoser.“ – „Und wie ist der Ihres Freundes?“ – Meint die junge Dame errötend: „Recht ordentlich. Aber auf den Zentimeter genau kann ich es nicht sagen.“

❀

Zwei junge Damen fahren bei starkem Regen über Land. „Fahr doch nicht immer nur achtzig! Gib doch mal ordentlich Gas!“ – „Kommt nicht in Frage! Im Nu haben wir eine Verkehrsstreife am Hals! Und wie sollen wir die dann bei dem nassen Gras überreden, von einer Anzeige abzusehen?“

❀

„Ich muss jetzt sehr aufpassen, dass ich nicht schwanger werde!“ – „Aber du sagtest doch, dein Mann hätte sich sterilisieren lassen.“ – „Ja, das ist der Grund!“

❀

„Stell dir vor, meine Liebe, neulich war ich am Rhein und habe eine Ruhr bekommen!“ – „Mir erging es noch schlimmer“, erwiderte darauf die Freundin, „ich war neulich an der Ruhr ...“

❀

Eine anständige Frau ist wie der schiefe Turm von Pisa: Sie zeigt sich geneigt, aber sie fällt nicht um!

❀

Frage: Wie kann sich eine sparsame Frau auf leichte Art viel zurücklegen?
Antwort: Indem sie sich viel zurücklegt!

❀

„Was ist eigentlich Ihr Mann, Frau Maier?“ – „Erfinder.“ – „Oh, was erfindet er denn?“ – „Ausreden!“

Der Lack ist ab

Es klappt nicht mehr alles wie's früher gefluppt,
sei es das Trinken, das Lachen, das Kegeln,
sei es das Singen, das Tanzen, das Segeln,
man kann's nicht umgehen mit Paperlapapp,
wir werden nicht jünger, der Lack ist ab.

Wir sind zwar im Herzen noch immer die Alten,
doch äußerlich legt sich schon manches in Falten.
Es weichen am Kopf insbesondre die Haare,
vorbei sind die blonden, die lockigen Jahre,
was einstens so stramm war, wird traurig und lapp,
wir werden nicht jünger, der Lack ist ab.

Und geht ein Furz in das Höschen als Schiss,
dann lacht man verlegen und zeigt sein Gebiss,
das auch nicht mehr so wie vor Jahren erstrahlt,
denn man hat für Ersatz manch Märklein bezahlt,
sitzt das Dritte gar schlecht, dann macht es klipp-klapp
wir werden nicht jünger, der Lack ist ab.

Es ist nun mal so um die Menschheit bestellt,
sie geht wie sie kam wieder fort aus der Welt.
Drum bleiben wir heiter, drum singen wir „Prost“,
drum trinken wir weiter, ein Räuschlein bringt Trost.
Ertränkt euren Kummer, denkt niemals ans Grab,
wir werden nicht jünger, der Lack ist ab.

Sprüche und Weisheiten:

Ich liebe mir den heiteren Mann am meisten unter meinen Gästen: wer sich nicht selbst zum Besten haben kann, der ist gewiss nicht von den Besten. (J.W. Goethe)

Manche Hähne glauben, dass die Sonne ihretwegen aufgeht.

Die wahren Lebenskünstler sind bereits glücklich, wenn sie nicht unglücklich sind.

Aus Fehlern wird man klug, deshalb ist einer nicht genug!

Dem Unersättlichen in jeglichem Genuss wird selbst das Glück zum Überdruss.

Von jeder Frau sollte man erwarten dürfen, dass sie auch in schlechten Zeiten ihrem Partner die Stange hält ...

Der Büstenhalter verschafft der Frau Haltung, der Mann verliert sie oft durch ihn.

Im Umgang mit Problemen sind Männer einfach besser; sie ignorieren Alltagsprobleme so lange, bis wir Frauen eine Lösung gefunden haben.

Wer viel redet, redet viel Unfug.

Ehestand
Wehestand

So ändern sich die Zeiten

Vor der Hochzeit: Komm Liebste, ich trage dich über die Pfütze!

Nach der Hochzeit: Komm Liebling, ich helfe dir!

Nach einem Jahr: Schatz, pass auf, es kommt eine Pfütze!

Nach fünf Jahren: Frau, tritt nicht in die Pfütze!

Nach zehn Jahren: Du siehst natürlich die Pfütze nicht!

Nach fünfzehn Jahren: Mutter, du wirst bald reintrampeln!

Nach fünfundzwanzig Jahren: Natürlich Alte, du musst auch in jedes Drecksloch trampeln!

Ein Mann schält in der Küche Kartoffeln. Kommt einer vorbei und staunt: „Du schälst hier Kartoffeln und deine Frau liegt mit deinem Freund im Bett?" – „Gut, dass du das sagst, muss ich gleich ein paar Kartoffeln mehr schälen."

❀

Die Ehefrau findet in der Anzugtasche einen Brief vom Eheinstitut. Faucht sie ihn an: „Du elender Wüstling, willst du etwa noch eine Frau heiraten?" – „Wo denkst du hin, der Brief stammt doch aus dem letzten Jahr, wo du so sterbenskrank warst!"

❀

Heidi ist gestorben. Hemmungslos schluchzend und völlig gebrochen steht der Hausfreund neben dem Ehemann am Grab. Der Witwer klopft ihm tröstend auf die Schulter: „Beruhige dich, ich heirate ja wieder!"

„Er ist dem Papa wie aus dem Gesicht geschnitten!“, meint die Freundin, nach einem Blick in den Kinderwagen. „Stimmt“, sagt die stolze Mutter, „aber mein Mann behauptet immer, der Kleine würde ihm ähnlich sehen!“

❀

Claudia: „Mein Mann bewundert einfach alles an mir. Meinen Gang, meine Figur, meine Augen ...“ – „Und was bewunderst du an deinem Mann?“ – „Seinen guten Geschmack!“

❀

Ein Jahr nach der Hochzeit trifft die Mutter ihre Tochter mit zwei blauen Augen an. „Ich dachte, dein Mann ist verreist!“ – „Das habe ich auch gedacht!“

❀

„Morgen ist unser fünfundzwanzigster Hochzeitstag. Soll ich zur Feier des Tages eine Gans schlachten?“ – „Nein, was kann denn die Gans dafür!“

❀

„Ich weiß, dass du mich betrügst. Ich weiß auch, wo und mit wem, nur womit, ist mir völlig unklar!“, sagte sie zu ihm.

❀

Der Udo wird mit einem Haufen blauer Flecke in die Klinik eingeliefert. Bei der Aufnahme fragt eine Schwester: „Sind Sie verheiratet?“ – „Nein“, sagt Udo, „ich bin nur von einer Leiter gefallen!“

❀

„Hast du nun Erika geheiratet oder musst du noch dein Frühstück selbst machen?“ – „Beides, mein Lieber, beides!“

Sagt ein Ehemann zur Rosenverkäuferin: „Einhundert Rosen, bitte.“ – „Meine Güte, was haben Sie denn angestellt?“

❀

„Ihr Mann sieht fabelhaft aus in dem neuen Anzug!“ – „Das ist kein neuer Anzug, das ist ein neuer Mann!“

❀

„Was macht ihr denn da?“, brüllt der Ehemann, als er seine Frau mit einem Fremden im Schlafzimmer erwischt. „Habe ich es dir nicht gesagt?“, wendet sich die Frau an ihren Liebhaber, „dieser Trottel hat wirklich keine Ahnung!“

❀

Beim Verlassen des Standesamtes sagte die Braut zu ihrem Frischangetrauten: „Gratuliere! Du hast soeben das Rauchen, das Trinken und die Kegelabende aufgegeben!“

❀

Verstorbene Frau kommt zu Petrus in den Himmel und möchte ihren vor 10 Jahren verstorbenen Mann wiedersehen. Petrus sucht im Himmel, dort ist er nicht. Er sucht in der Hölle, dort auch Fehlanzeige. Petrus fragt: „Wie lange waren Sie denn verheiratet?“ Antwort: „45 Jahre.“ Petrus: „Ja, dann muss ich unter ‚Märtyrer‘ suchen!“

❀

Die Perle des Hauses will nach langer Zeit die Hausfrau nun doch verlassen. „Ja Emma, warum denn das nun?“ – „Ich will heiraten.“ Fragt die Hausfrau: „Glauben Sie denn, dass Sie es dann besser haben?“ – „Das nicht, aber öfter!“

„Weißt du, ich fühle mich ganz schön vernachlässigt“, sagt sie zu ihrer Freundin. „Na so was, du hast doch deinen Mann und dazu noch einen Liebhaber!“ – „Das ist es ja, einer verlässt sich immer auf den anderen!“

❀

„Mein Mann wird von Tag zu Tag schärfer! Neulich bückte ich mich über die Tiefkühltruhe, da pirscht er sich von hinten ran, zieht mir den Slip runter und macht es mir!“ – „Na ja, so schlimm ist das gerade auch nicht. Das macht meiner auch hin und wieder!“ – „Aber doch nicht im Supermarkt?!“

❀

Fünf Monate nach der Hochzeit kriegt die Zenzi ein Kind. Der Pfarrer kommt und macht mit ihr den Tauftag aus. „Ein bisschen früh ist es schon gekommen“, meint er. Die Zenzi sagt: „Na ja, das ist halt ein Siebenmonatskind.“ – „Wie denn das – nach fünf Monaten?“, fragt der Pfarrer. Die Zenzi erklärt es ihm: „Na ja, die Siebenmonatskinder kommen immer um zwei Monate zu früh!“

❀

Sie: „Liebling, im Büro haben meine Kollegen gesagt, dass ich ganz tolle Beine hätte!“ Er (brummend): „Ach ja, und von deinem fetten Arsch haben sie nicht gesprochen?“ Sie: „Nein, von dir war nicht die Rede.“

❀

Die Ehefrau keift: „Jetzt, um sieben Uhr frühmorgens, kommst du stinkbesoffen nach Hause – also, mir fehlen die Worte!“ – „Dafür, liebe Frieda, bin ich dir aber überaus dankbar!“

Die Witwe erkundigt sich nach einem Sarg. Der Tischler: „Dieser hier aus Eiche kostet 3000." – „Viel zu teuer!" – „Aus Fichte 2000." – „Viel zu teuer!" – „Wie wäre es mit dem furnierten für 1000?" – „Auch zu teuer!" – „Dann mache ich Ihnen einen anderen Vorschlag: Sie bringen Ihren Mann vorbei und ich montiere vier Griffe dran!"

❀

Frau Schmidt kommt ganz aufgeregt aufs Polizeirevier. „Mein Mann ist spurlos verschwunden." – „Ist Ihnen denn nichts aufgefallen?" – „Nicht, dass ich wüsste. Nur, dass er zum Joggen zwei Koffer mitgenommen hat."

❀

Siggi fühlt, dass seine letzte Stunde naht. Schluchzend sitzt seine Frau neben dem Bett: „Ich werde dir bestimmt bald folgen, Liebster", meint sie unter Tränen. Darauf Siggi: „Wenn du willst, Herta – aber beeil dich nicht!"

❀

Frau Meier muss zur Kur. Voller Sehnsucht reist Herr Meier 10 Tage später hinterher. Im Hotel sinken sie sich abends in die Arme. Glücklich stöhnt sie auf. Da poltert es plötzlich an die Wand und der Zimmernachbar brüllt wütend: „O nein, o nein, doch nicht jede Nacht!"

❀

Der Ehemann vermutete Untreue und brüllte seine Frau an: „Ich bin es leid, bei dir immer nur die zweite Geige zu spielen." Kontert sie: „Sei doch froh, dass du überhaupt noch in meinem Orchester mitspielen darfst!"

„Jetzt trink i scho de elfte Schnaps, weil i mi über mei Frau g'ärgert hab – es isch unglaublich, was die mi koscht'!"

❀

„Hat es in Ihrer Familie Fälle von stark übersteigertem Selbstwertgefühl gegeben?", fragt der Arzt die Patientin. „Nein, nicht dass ich wüsste, nur mein Mann bildet sich manchmal ein, der Herr im Haus zu sein!"

❀

„So sehr liebt mich meine Frau, sie geht vor mir in die Knie und zieht mir jedesmal die Schuhe aus!" – „Was denn, jedesmal, wenn du aus dem Büro kommst?" – „Nein, jedesmal, wenn ich in die Kneipe will!"

❀

Der Edwin und die Trude gehn miteinander auf der Gartenschau spazieren. Plötzlich stupst der Edwin die Trude an: „Schnell, schnell, mach ein glückliches Gesicht! Da vorne kommt meine Exfrau ..."

❀

„Ich möchte gerne meinen Urlaub in Italien verbringen und meine Frau möchte nach Norwegen." – „Und wohin geht es diesmal?" – „Sagen Sie mal, Sie sind wohl nicht verheiratet?"

❀

Peter kommt am Vormittag überraschend vom Büro nach Hause, als seine Rita eben die Treppe putzt. Weil sie sich dabei unbewusst in verführerischer Pose demonstriert, fasst er ihr von hinten unter den Rock. Meint die Gattin, ohne sich umzudrehen: „Heute einen Liter Milch und sechs Eier!"

Warum nennt man Männer, deren Frauen in Urlaub gefahren sind, eigentlich Strohwitwer?" – „Weil sie leicht Feuer fangen!"

❀

Der Ehemann findet abends auf dem Küchentisch einen Zettel seiner Frau: „Komme später, bin bei einer Freundin." Darauf murmelt er: „Das hätte ich mal schreiben sollen."

❀

Eva blickt von der Zeitung auf und sagt zu ihrem Mann: „Der Heiratsvermittler, bei dem wir uns kennen gelernt haben, ist gestern Abend ermordet worden." Brummt Eduard ärgerlich: „Ich hab ein hieb- und stichfestes Alibi!"

❀

Der Pensionswirt zum neuen Gast: „Sie werden sich hier wie zu Hause fühlen." „Schade", sagt der, „ich wollte mich hier erholen."

❀

Es sagte die junge Ehefrau: „Manchmal wünschte ich mir, wir könnten uns das Leben leisten, das wir führen."

❀

„Mach endlich das Fenster zu!", schimpft eine Frau im Alpengasthof. „Draußen ist es furchtbar kalt!" Mürrisch schließt ihr Mann das Fenster. „Meinst du, dass es jetzt draußen wärmer wird?"

❀

Enttäuscht meint sie nach der Hochzeitsnacht: „Als du sagtest, du könntest nicht lange hart bleiben, da habe ich gedacht, das würde sich auf einen Streit beziehen!"

„Sag mal, Gerlinde – wie heißt denn noch das italienische Zeug, auf das ich so scharf bin?“ Da zischt sie giftig: „Milva!“

❀

Zwei verstorbene Freunde treffen sich im Himmel: „Warum bist du da?“ – „Ich dachte, meine Frau betrügt mich und habe den Kühlschrank aus dem Fenster geworfen. Herzinfarkt, tot. Und du?“ – „Ich habe im Kühlschrank gesessen.“

❀

Sagt ein Bauer zum anderen: „Ich habe vielleicht eine miese Kuh! Beim Melken tritt sie mich, beim Streicheln beißt sie mich und wenn sie zum Bullen soll, stellt sie sich mit dem Hintern an die Wand.“ Fragt der andere: „Sag mal, kommt deine Kuh vielleicht aus Buchloe?“ – „Tatsächlich! Wie kommst du darauf?“ – „Weil meine Frau auch aus Buchloe kommt!“

❀

Luggi und Luise führten eine „Blumen-Ehe!“ Als sie verwelkte, ist er verduftet!

❀

„Das ist doch nicht zu glauben!“, wettert der wütende Ehemann. „Wir haben überall Schulden, beim Bäcker, beim Metzger, beim Gemüsehändler, in unserer Kneipe – nur die Telefon- und Fernsehgebühren sind bezahlt – und du schläfst ausgerechnet mit dem Briefträger!“

❀

„Ich bin 65 Jahre alt und liebe eine 20-Jährige. Trotz meiner Millionen will sie mich nicht heiraten.“ Der Freund: „Sage ihr, du wärst 85!“

Huschel feiert silberne Hochzeit. Spät am Abend und nach reichlichem Alkoholgenuss prahlt er im Kreis der Gäste: „Ich habe in meinem Leben vielen Männern Hörner aufgesetzt!“ Lächelt seine Frau: „Ich nur einem ...“

Übrigens:
Ehen werden im Himmel geschlossen, darum müssen wir in der Ehe auch eine himmlische Geduld haben.

Wer noch nicht geheiratet hat, hat noch keinen wesentlichen Fehler gemacht.

Mitgift kann gesund machen.

Ich war im siebten Himmel und sie war im achten Monat.

Husten ist gefährlich – vor allem im Kleiderschrank.

Man ist glücklich verheiratet, wenn man lieber heimkommt als fortfährt.

In der Ehe ist die Zunge der gefährliche Dritte.

Sprüche und Weisheiten:

Ehe ist nie ein Letztes, sondern Gelegenheit zum Reifwerden.

Es ist das Geheimnis einer guten Ehe, einer Serienaufführung immer wieder Premierenstimmung zu geben. (Max Ophüls)

Bei jedem Streit ziehe die Versöhnung selbst dem leichtesten Sieg vor.

Das Erste, das der Mensch im Leben vorfindet, das Letzte, wonach er die Hand ausstreckt, das Kostbarste, was er im Leben besitzt, ist die Familie.

Wenn man liebt, verzeiht man viel.

In einer friedlichen Familie kommt das Glück von selber.

Die Ehe ist kein Fertighaus, es muss immer renoviert und repariert werden.

Ohne Achtung hat die Liebe keinen Wert und ohne Vertrauen keine Freude.

Der gute Vorsatz ist ein Gaul, der oft gesattelt aber selten geritten wird.

Aufgestaute Gefühle und ungesagte Worte werden giftig.

Schwieger-
Mütter

Als die Schwiegermutter zu Besuch kommt, fragt der Karl: „Wie lang gedenkst du denn zu bleiben?" – „Bis ich euch lästig werde!" – „Na ja", tröstet sich Karl, „das dauert ja nicht lange!"

❀

„Meine Frau ist eine Kratzbürste und meine Schwiegermutter ein richtiger Besen!", beklagt sich der Rolf. „Da passt du als Waschlappen ja ganz gut dazu!", meint dazu der Michael.

❀

Hochzeitsessen im Luxushotel. „Wer bezahlt das eigentlich alles?" – „Die Mutter der Braut." – „Ach, deswegen hat sie in der Kirche so geweint!"

❀

„Ich zieh zu meiner Mutter", weint sie. – „Geht nicht, dein Vater hat angerufen – deine Mutter ist gerade zu deiner Großmutter gezogen!"

❀

„Ich glaube, dass mein Schwiegersohn meine Tochter nur geheiratet hat, weil sie mal alles erbt", sinniert der Vater. – „Wie kommst du denn da drauf?" – „Jedesmal, wenn er mir die Hand gibt, fühlt er meinen Puls!"

❀

„Schatz, ich muss dir ein Geheimnis verraten – bald werden wir zu dritt sein!" – „Bist du ganz sicher, Schätzchen?" – „Absolut – meine Mutter kommt morgen ...!"

❀

Meine Schwiegermutter kommt im Jahr nur zweimal, aber sie bleibt dann immer sechs Monate.

Gesundheit
ist ein
teures Gut
RECHNUNG

Stationsarzt zur Jungschwester: „Haben Sie dem Patienten das Blut abgenommen?“ – „Ja, aber mehr als sechs Liter hab ich nicht aus ihm herausgekriegt ...“

❀

Herr Doktor, Sie haben mir doch vor einer Woche geraten, immer mit den Hühnern schlafen zu gehen.“ – „Richtig, und?“ – „Mich haut’s dauernd von der Stange!“

❀

Im Zuchthaus St. Qentin macht der Gefängnisarzt seine Morgenvisite. Er fragt in der ersten Zelle: „Stuhl?“ – „Heute normal.“ In der zweiten Zelle: „Stuhl?“ – „Heute normal.“ In der dritten Zelle: „Stuhl?“ – „Morgen elektrisch.“

❀

Beim Landarzt klingelt das Telefon. „Können Sie bitte mal bei uns vorbeikommen, ich glaube, meine Frau hat Fieber.“ – „Was zeigt denn das Fieberthermometer an?“ – „Haben wir nicht, aber das Einkochthermometer steht auf Mirabellen!“

❀

Ein Mann kommt zum Augenarzt und nimmt seine Brille ab. „Na“, fragt der Arzt, „ist die alte nicht mehr scharf genug?“ – „Das geht Sie überhaupt nichts an. Ich brauche eine neue Brille!“

❀

Der Arzt zum Patienten: „Tut mir leid, aber ich kann wirklich nichts bei Ihnen finden. Es muss am Alkohol liegen.“ Darauf sagt der Patient: „Dann komm ich wohl besser wieder, wenn Sie nüchtern sind.“

Der Arzt zu seiner Tochter: „Hast du deinem Verlobten gesagt, dass ich nichts von ihm halte?“ – „Ja, aber er meinte, das wäre nicht deine erste Fehldiagnose!“

❀

Ein Schotte kommt mit einem kleinen Eimer zur Urinuntersuchung. „Soviel hätten wir gar nicht gebraucht“, meint der Arzt. Aber der Schotte besteht darauf, dass alles untersucht wird. Mit dem Untersuchungsergebnis in der Hand rennt er zu seiner Frau. „Also, ich bin gesund, du bist gesund, die Kinder sind gesund, und dem Hund und den Kühen fehlt auch nichts.“

❀

Kommt ein Mann zu seinem Hausarzt und druckst herum: „Mein Sohn hat auf einer Party eine junge Dame kennen gelernt und mit ihr geschlafen. Leider hat sie ihm ein gewisses Leiden angehängt.“ – „Schicken Sie Ihren Sohn mal vorbei.“ – „Es geht noch weiter: Er hat unser Dienstmädchen angesteckt und von dem habe ich es bekommen.“ – „Machen Sie sich mal frei“, sagt der Arzt. – „Es kommt noch schlimmer: Ich habe in meiner Ahnungslosigkeit auch mit meiner Frau geschlafen, und jetzt ...“ – „Gütiger Himmel“, sagt der Arzt, nun sind wir glücklich alle angesteckt!“

❀

„Ziehen Sie sich bitte aus“, sagt der Arzt zu der Patientin, die über Kinderlosigkeit klagt, „und legen Sie sich dort hin.“ – „Oh, bitte Herr Doktor, das erste Kind hätte ich doch gerne von meinem Mann!“

Den alten Jakob plagt das Rheuma in der Schulter wieder einmal besonders arg. „Da haben Sie wohl ein wenig zu flott gelebt in Ihrer Jugend“, meint der Arzt. „Schon möglich“, sagt Opa Jakob, „aber mit der Schulter eigentlich am wenigsten.“

❀

Ein älterer Arzt zu einem Kollegen: „Ich habe einen Patienten, der laut Prognose vor zehn Jahren hätte sterben sollen, und er lebt noch immer.“ – „Ja, so was gibt es“, meint der Kollege, „das beweist nur, dass bei Patienten, die einen großen Lebenswillen haben, die Medizin machtlos ist.“

❀

„So, jetzt können Sie die Nymphomanin reinschicken und sich den Rest des Tages frei nehmen“, sagt der Psychotherapeut zu seiner Sprechstundenhilfe.

❀

Vorwurfsvoll sagt der Arzt zu Hannes: „Sie hatten mir doch versprochen, ein anderer Mensch zu werden.“ – „Ja, aber der andere Mensch säuft auch!“

❀

Eine Seele klopft an die Himmelstür. „Wer ist da?“, fragt Petrus. „Der Arzt Dr. Müller!“ – „Ja, dann gehen Sie bitte 100 Meter weiter, bis zur Tür mit der Aufschrift: Eingang für Lieferanten!“

❀

Müller kommt vom Arzt zurück und sagt zu seiner Frau: „Der Doktor hat gesagt, dass eine Krankheit immer zuerst die schwächsten Teile des Körpers angreift.“ – „Aha, deshalb also deine ewigen Kopfschmerzen!“

„Wir haben den Kopf Ihres Mannes geröntgt, aber wir konnten nichts finden!“ Darauf die Frau: „Das war mir klar!“

❀

Der Doktor zum Patienten: „Ja, die Schmerzen in Ihrem Arm – das ist halt das Alter!“ – „Herr Doktor, reden Sie doch keinen Quatsch – mein anderer Arm ist genauso alt und der tut nicht weh!“

❀

Auf einem Ärztekongress wird diskutiert, wann das Leben anfängt – bei der Geburt oder bei der Zeugung. Die Meinungen sind sehr unterschiedlich. Abends beim Galadiner fragt ein Arzt eine ältere Dame: „Gnädige Frau, Sie sind eine lebenserfahrene Frau. Wann beginnt Ihrer Meinung nach das Leben?“ – „Das kann ich Ihnen genau sagen, junger Mann, das Leben beginnt, wenn die Kinder aus dem Haus sind und der Alte in der Kiste liegt.“

❀

„Bitte helfen Sie mir!“, sagt der Patient zum Psychiater. „Ich höre immer Stimmen, sehe aber niemand!“ – „Und wann passierte Ihnen das?“ – „Immer wenn ich telefoniere!“

❀

Doktor zum Ede: „Das Medikament, das ich Ihnen verschreibe, wird Ihnen sicher auch nicht helfen – aber es hat wenigstens keine Nebenwirkungen!“

❀

„Soweit ganz gut gemacht“, meint der Chefarzt zu seinem neuen jungen Assistenten. „Nur gebe ich nach der Entbindung immer dem Baby einen Klaps auf den Po und nicht der jungen Mutter!“

Ein 92-jähriger Patient trifft seinen Arzt und teilt ihm mit, er habe wieder geheiratet; eine 25-Jährige. „Um Gottes Willen“, antwortet der Arzt, „habe ich Ihnen nicht immer wieder gesagt, dass Sex in Ihrem Alter lebensgefährlich ist?“ – „Na gut“, sagt der Patient, „ich kann’s auch nicht ändern. Wenn sie stirbt, dann stirbt sie eben.“

❀

Im Wartezimmer eines Psychiaters führt sich einer auf wie Napoleon. Fragt ein anderer: „Wer hat Ihnen eigentlich gesagt, dass Sie Napoleon sind?“ – „Der liebe Gott!“ Steht ein Dritter auf und runzelt die Stirn: „Was soll ich schon wieder gesagt haben?“

❀

Ein Gynäkologe erlaubt sich den Scherz, einer Nonne nach der Untersuchung eine Schwangerschaft einzureden. Anschließend bekommt er Gewissensbisse und ruft im Kloster an, um die falsche Diagnose zu korrigieren. Die Nonne entgegnet, dass es dazu jetzt zu spät sei, der Bruder Jakob habe sich eben erschossen.

❀

Der Arzt verschreibt der jungen Frau ein Potenzmittel für ihren Mann. Einige Tage später trifft er sie und fragt: „Nun, werte Frau, hat das Mittelchen gewirkt?“ – „Leider ja, kaum hatte er es genommen, fetzte er mir die Kleider vom Körper, warf mich über einen Tisch und nahm mich wie ein Tier!“ „Großartig!“, meint der Arzt. – „Stimmt schon, aber in das Lokal können wir nie mehr rein!“

Der Arzt empfiehlt dem Mann, der unbedingt 100 Jahre alt werden will, auf Alkohol, Rauchen und Sex zu verzichten. „Und dadurch werde ich wirklich 100 Jahre alt?“, fragt der Patient zweifelnd. „Nicht unbedingt, aber es wird Ihnen sicher so vorkommen!“

❀

Vor zwei Wochen hatte der Arzt das Mittel verschrieben. Der Patient über das neue Potenz-Stärkungsmittel: „Also Herr Doktor, das neue Medikament ist wirklich phantastisch!“ – „Das freut mich, ist Ihre Frau auch zufrieden?“ – „Keine Ahnung, ich war seitdem noch nicht zu Hause!“

❀

„Herr Doktor, meine Frau hat starke Schmerzen auf der rechten Seite, es könnte ein Blinddarmdurchbruch sein.“ „Ich habe Ihrer Frau doch erst vor einem Jahr den Blinddarm entfernt!“, belehrt der Arzt den Anrufer, „kein Mensch hat einen zweiten Blinddarm!“ – „Aber mancher eine zweite Frau!“

❀

Der Patient erwacht aus der Narkose und wundert sich: „Herr Doktor, Ihr Bart ist aber inzwischen ganz schön gewachsen!“ – Der Mann grinst ihn an und antwortet: „Ich heiße Petrus und mein Bart war schon immer so lang!“

❀

„Ich kenne Ihr Problem noch nicht“, sagt der Psychiater, „fangen wir also am besten ganz am Anfang an.“ – „Am Anfang schuf ich Himmel und Erde!“

„Ist der neue Doktor denn wirklich eine Fachkraft?“ – „Ich weiß nicht recht. Alle seine Patienten sind krank!“

❀

„Ich hatte ja nicht die geringste Ahnung, Herr Doktor, dass ich einen Herzfehler habe.“ – „Da können Sie mal sehen, wie gut es ist, einen Arzt zu konsultieren. Sie hätten wahrscheinlich munter drauflos gelebt und wären alt geworden, ohne zu ahnen, dass Sie ein kranker Mann sind!“

❀

Patient: „Herr Doktor, ich wurde von einem Traktor überfahren!“ Arzt: „Warten Sie gefälligst, die Diagnose stelle ich!“

❀

Die Grippewelle wütet in der Stadt. Die Praxen sind nicht nur überfüllt, auch die Schlange der Patienten vor dem Haus wird immer länger. Da öffnet der Doktor die Tür des Sprechzimmers und ruft: „Bitte das Gesäß freimachen und dann rückwärts eintreten!“

❀

Die medizinische Wissenschaft hat in der letzten Zeit so erstaunliche Fortschritte gemacht, dass es für einen Arzt nahezu unmöglich geworden ist, einen Patienten für völlig gesund zu erklären.

❀

„Sie sind meine große Liebe!“, schwört der Student seiner Tanzpartnerin auf dem Medizinerball. „Und wie wollen Sie mir Ihre große Liebe beweisen?“, fragt sie. „Ganz einfach“, sagt er, „ich werde Sie heute noch kostenlos untersuchen!“

Sprüche und Weisheiten:

Fröhlichkeit und Mäßigkeit sind die besten Ärzte.

Gesundheit ist etwas, das die Leute verlieren, während sie darauf trinken.

Eine gesunde Verdorbenheit ist besser als eine verdorbene Gesundheit!

Allzu brav ist ungesund! (Gerlinde Nyncke)

Freund, höre fremde Leiden an und lerne deine leichter zu tragen.

Man klagt so sehr bei jedem Schmerz und freut sich so selten, wenn man keinen fühlt.

Heile den Geist und du heilst den Körper.

Wie lange ich lebe, liegt nicht in meiner Macht; dass ich aber, solange ich lebe, wirklich lebe, das hängt von mir ab.

Nichts in der Welt wirkt so ansteckend wie Gelächter und gute Laune.

Der Mensch mit Humor trinkt den Kakao, durch den er gezogen wird. (Ursula Herking)

Des Nächsten Leid zu lindern hilft einem, das eigene zu vergessen.

Aus der Pfarrei

Nach der Untersuchung sagt der Arzt zum Patienten: „Ich bin sehr zufrieden mit Ihnen, wie klappt es denn mit dem Sex?“ – „Na ja, es geht so dreimal die Woche.“ – „Komisch, bei Ihrer Konstitution sollte es dreimal am Tag gehen.“ – „Na ja, das ist nicht so einfach, ich bin katholischer Pfarrer auf dem Land.“

❀

Der Pfarrer spazierte quer über die schöne Blumenwiese. Der Bauer sieht’s und schimpft: „Luegsch it glei, dass rauskuscht aus meiner Wies, oder i schlag dr d’ Füaß a, no kasch mit d’ Schtumpe hoilaufe, du Sakerment, du wiaschta!“ Der Herr Pfarrer entschuldigt sich vielmals, er wäre so ganz in Gedanken versunken gewesen und habe an Gott gedacht. Darauf sagt der Bauer versöhnlich: „Drum ha i’s ja au im Guate gsait!“

❀

Der Pfarrer droht dem jungen Bauern beim Beichten: „Wenn du nicht ablässt von deinen Sünden, schicke ich dir eine große Dürre!“ – „Schad“, sagt der Jungbauer, „a kloine Dicke wär’ mir lieber!“

❀

„Am nächsten Sonntag“, erklärt der Pfarrer in der Kirche, „möchte ich über das Lügen predigen. Zur Vorbereitung des Themas bitte ich die Gemeinde, das Kapitel 17 des Markus-Evangeliums zu lesen.“ Eine Woche später fragt der Pfarrer: „Wer hat das Kapitel Markus 17 gelesen?“ Alle Hände gehen hoch. „Das Markus-Evangelium hat nur 16 Kapitel“, sagt der Pfarrer. „Und jetzt zu meiner Predigt über das Lügen.“

„Mich stört es nicht, wenn jemand während meiner Predigt auf die Uhr schaut“, sagt der Pfarrer. „Schlimm ist nur, wenn jemand sie schüttelt, um zu sehen, ob sie stehen geblieben ist.

❀

Was war Jesus von Beruf? – Student! – Begründung: Er wohnte mit 30 Jahren noch bei den Eltern, hatte lange Haare und wenn er etwas tat, dann war es ein Wunder.

❀

Anlässlich der Einweihung des neuen Hauses lädt Frau Schulze ihren Nachbarn, den katholischen Pfarrer, zum Abendessen ein. „Und Ihre Frau Gemahlin erwarten wir natürlich auch.“ – „Aber liebe Frau Schulze, wir haben doch den Zölibat!“ – „Das macht gar nichts! Bringen Sie den Kleinen ruhig auch mit!“

❀

„Tut mir leid“, sagt Petrus zu einem Enddreißiger, „aber du musst schon eine große Tat vorweisen, sonst kann ich dich nicht in den Himmel rein lassen.“ Nach kurzer Überlegung sagt der Mann: „Ich habe beobachtet, wie eine Gruppe Rocker einer alten Dame die Einkaufstasche wegnehmen wollte. Da bin ich hingegangen, hab das Motorrad des Anführers umgestoßen, ihm ins Gesicht gespuckt und seine Braut beleidigt.“ – „Und wann war das?“ – „Vor etwa drei Minuten.“

❀

Was denkt sich ein katholischer Pfarrer, der bei FKK-Anhängern eine heilige Messe zelebriert? – Er denkt sich, wo haben die Leute wohl ihr Opfergeld?

Als der Dorfpfarrer die Hauptstraße entlanggeht, sieht er, wie der kleine Maxl versucht, die Klingel an einem Haus zu erreichen. „Komm Maxl, ich helfe dir!“, sagt er und drückt auf die Klingel. „Auweh“, meint da der Maxl, „jetzt aber nix wie weg, Herr Pfarrer!“

❀

In der Kirchengemeinde ist eine Sendung neuer Bibeln eingetroffen. Die Gemeindemitglieder werden vom Pfarrer angehalten, die Bibeln unters Volk zu bringen. In der Reihe der Freiwilligen steht auch ein Stotterer, auch diesem gibt der Pfarrer 20 Bibeln wie den Übrigen auch, denn er will ihn nicht brüskieren. Nach längerer Zeit versammelt sich die Kirchengemeinde wieder und der Pfarrer fragt, wie der Verkauf sich anlässt. Der Erste meint: Schlecht, nur eine Bibel verkauft. Der Zweite hat drei Stück verkauft und ein anderer wiederum nur zwei, nur der Stotterer hatte ein Erfolgserlebnis: Alle verkauft! Da war der Pfarrer neugierig und fragte nach seiner Verkaufsmethode. Da sagte der Stotterer: „I hab gfragt: Wollt’s ihr eine Bibel kaufen, oder soll ichs euch vorlesen?“

Der Alkohol, das ist dein Feind, hat der Herr Pfarrer erst gemeint. Doch in der Bibel steht geschrieben, du sollst auch deine Feinde lieben.

Der Alkohol ist mein Feind, aber ich war noch nie ein Feigling.

Am Stammtisch

Zwei Männer stehen an der Bar. Fragt der eine: „Stimmt es, dass Sie Junggeselle sind?“ – „Ja.“ – „Mensch, dann hätten Sie es zu Hause doch auch ganz schön.“

❀

„Gestern auf der Party hat sich wieder alles um mich gedreht!“ – „Warum säufst du auch immer so viel!“

❀

Sagt der Dorfwirt: „Du, Hans, du haosch vom vorige Monat no fünf Bier bei mir schtauh ...!“ – „Komm schütt se doch weg, die trinkt jetzt koi Mensch me!“

❀

„Saget Sie mol, Herr Ober – gibt’s bei Ihne eigentlich nie a saubers Tischtuch?“ – „Des kann i Ihne net sage – ich bin erscht seit drei Monat hier ...“

❀

Der Franz hat Kummer und macht seinem Herzen Luft: „Mit der Meinigen ischt des ein Kreuz, ganz egal ob i zeitig oder spät vom Stammtisch hoimkomm, i schleich ins Zimmer, die isch immer wach und macht mir Vorwürf und ein Theater. Da sagt der Xaver: „Mach’s halt wie i, i rumple d’ Stiag nauf, reiß’ d’ Schlofzimmertür auf, dann sag i zum Weible: ‚So, jetzt mach mer no an Quickli!‘ Was globet dir, wie die schloft!“

❀

„Warum bisch denn gestern so früh hoigange?“, haot der Bauer den Bürgermoischter gfroget. „Was hoißt dao hoigange?“, haot der gsait, „unterm Tisch din hand’r mi liege lau!“

Der Paul fühlt sich nicht wohl und geht zum Arzt: „Sie zittern ja so, trinken Sie etwa?“ – „Noi, ’s moischte verschütt i ja immer!“

❀

„Hat Otto eigentlich das Trinken aufgegeben!“ – „Nein, er schwankt noch!“

❀

Erwartungsvoll blicken die Stammtischbrüder ihrem Zechkumpan entgegen. „Na, was hot dei Frau gsait, wia so spät bsoffe hoikomme bisch?“ Ächzend lässt er sich auf einen Stuhl sinken und sagt mit matter Stimme. „Hand ’r 4 1/2 Stund Zeit, no verzell i‘s ui!“

❀

„Haot dei Weib was gsait, wie du heit Nacht um drui hoikomme bisch?“ – „Noi, nix. Und d’ Zäh ha i mir sowieso zieh lau wölla!“

❀

Fragt der Wirt den Gast: „Ihr Glas ist leer, mein Herr, wollen Sie noch eines?“ – „Nein, was soll ich denn mit zwei leeren Gläsern?“

❀

Zwei Betrunkene torkeln bierselig auf der Dorfstraße nach Hause. „I wollt, i wär a Maus“, murmelt der eine ununterbrochen. „Warum denn?“, fragt der andere verständnislos. „Weil mei Frau vor d’ Mäus Angst haot!“

❀

Der Arzt sagt zum Huberbauer: „Ihre Leber ist schwer geschädigt. Sie sollten für eine Weile nur Brei zu sich nehmen!“ – „Löwenbräu oder Spatenbräu?“

Nach dem sechsten Whisky hat sich Ralf endlich genug Mut angetrunken, um die hübsche Brünette neben sich anzureden: „Würden Sie mit einem wildfremden Mann ins Bett gehen?“, fragt er atemlos. „Niemals, alter Freund!“

❀

„Herr Ober, welchen Wein können Sie mir zu meinem zehnten Hochzeitstag empfehlen?“ – „Wollen Sie feiern oder vergessen?“

❀

„I gang koim im Weg um“, hot dr sell gsagt, „beim Tag schlof i und bei Nacht bi i in dr Wiatschaft!“

❀

„Dös isch komisch“, hot dr sell gsagt, „in dr Wiatschaft bi i wia drhoi – aber bei mir drhoi bi i nia drhoi!“

❀

„Jetzt ka’sch scho so langsam mit’m Saufe aufhöre“, hot dr oi zue seim Stammtischbrueder gsagt, „dei Gsicht isch scho ganz verschwomme!“

❀

„Was – do bin i au no gwea?“, hot sich dr Luis gwundret, wia dr Pfarrer gsagt hot, dass er sich gfreit hot, dass er ehn geschtern in dr Maiandacht gseah hot!

❀

Sagt der Macho: Ich habe nichts gegen Frauenbewegungen, so lange sie schön rhythmisch sind!

❀

Wenn Sie einen über den Durst trinken, dürfen Sie ruhig einmal alles vergessen – vor allem, wo Ihr Wagen parkt!

Alltägliches

Die Mützen sind dem Kunden alle zu teuer: „Haben Sie denn nichts Billigeres?“ – „Ich hätte da noch eine Zipfelmütze.“ – „Um Himmels willen, für den Kopf sollte sie schon sein!“

❀

Herr Meier kommt in die Bäckerei und verlangt ein Brot. „Macht 2,20 Euro“, meint die Bäckersfrau. Herr Meier: „Unverschämtheit! 1960 habe ich für ein Brot nur eine Mark bezahlt!“ – Ruft die Bäckersfrau in die Backstube: „Haben wir noch ein Brot von 1960?“

❀

„Ist das Ihr Wagen?“ – „Manchmal.“ – „Wieso?“ – „Wenn er frisch gewaschen ist, gehört er meiner Frau. Wenn irgendwo eine Party ist, gehört er meiner Tochter. Bei Fußballspielen gehört er meinem Sohn. Nur wenn er aufgetankt werden muss, dann gehört er mir!“

❀

Gabi berichtet ihrer Freundin, sie habe ein Puzzle in nur 3 Tagen geschafft. „Was ist denn daran Besonderes?“, fragt die Freundin. „Auf der Packung stand doch: Für vier bis sechs Jahre.“

❀

„Wozu trägst du eigentlich einen BH?“, fragt er grinsend, „du hast ja kaum was drin.“ – Ihre Antwort: „Du trägst ja auch eine Unterhose!“

❀

Übrigens: Der Büstenhalter ist ein ausgesprochen demokratisches Kleidungsstück. Die Großen hebt er, die Kleinen unterstützt er und die Massen hält er zusammen.

„Herr Ober, können Sie mir sagen, was die Fliege hier in meiner Suppe macht?" – Der Kellner tritt an den Tisch heran, beugt sich über die Suppe und sagt: „Sieht ganz nach Brustschwimmen aus!"

❀

„Jetzt bin ich schon über 90 und immer noch renne ich den jungen Mädchen hinterher!" – „Was soll daran so schlimm sein?" – „Das ist es ja. Ich weiß nicht mehr warum ..."

❀

Der Hobbygärtner Jockel sagt zur Margot: „Pflanzen sollen ja reagieren, wenn man mit ihnen redet!" – „Gut", sagt sie, „dann geh ich jetzt mal und beleidige das Unkraut in meinem Garten!"

❀

Emil bürstet andächtig seine neuen Hosen. Sagt seine Frau: „Du behandelst ja selbst deine Hosen besser als mich!" Darauf Emil: „Ohne dich kann ich mich ja überall sehen lassen, aber nicht ohne Hosen!"

❀

Der Spieß zum wachhabenden Rekruten: „Müller, was tun Sie, wenn sich nachts eine männliche Person kriechend der Kaserne nähert?" – „Ich bringe den Herrn Oberst diskret ins Bett."

❀

„Ein Fahrgast klopft dem Taxifahrer von hinten auf die Schulter, um ihm etwas zu sagen. Der erschrickt fürchterlich und verursacht fast einen Unfall. Auf die Frage, warum er so erschrocken ist, sagt der Taxler: „Ich fahre heute nur ausnahmsweise Taxi, sonst fahre ich mit dem Leichenwagen."

Ein schüchterner junger Mann kommt in die Apotheke. Es ist ihm gar nicht recht, dass er von einem hübschen Fräulein bedient wird. „Sie wünschen?“, wird er gefragt. Er überlegt ... und hat eine Idee. „Kennen Sie die Hauptstadt von Frankreich?“ – „Gewiss doch.“ – „Prima, dann geben Sie mir bitte drei Einwohner in einem Päckchen.“

❀

Eduard verflucht das Fernsehen: „Meine Töchter lassen keinen Film aus und tun nichts für die Schule. Meine Frau ist auch nicht viel besser, sie sieht sich alle Familienserien an und vernachlässigt den Haushalt. Ich schwöre: Sobald die Fußballsaison vorbei ist, ziehe ich den Stecker raus.“

❀

Kommt eine Oma in die Apotheke und verlangt die Anti-Baby-Pille. Fragt der Apotheker erstaunt: „Sind Sie nicht schon etwas betagt dafür?“ – „Nein, junger Mann. Für mich ist das ein prima Schlafmittel.“ Als der Apotheker sie erstaunt ansieht, fährt sie fort: „Nun, ich mische jeden Morgen meiner Enkelin eine davon in den Kaffee und kann seitdem viel besser schlafen.“

❀

In der Straßenbahn sitzen sich ein Rothaariger und ein Glatzkopf gegenüber. Sagt der Rothaarige: „Na, wollte dir der liebe Gott keine Haare geben?“ Darauf der Glatzkopf: „Doch, aber nur rote, und die wollte ich nicht!“

❀

Aus einer Möbelanzeige: „Unsere preiswerten Sofas setzen sich immer mehr durch!“

Ein Spaziergänger sieht einen Mann in einem Eisloch zappeln. „Hallo, sind Sie eingebrochen?“ – „Nein, der Winter hat mich beim Baden überrascht!“

❀

Hatten Sie im Urlaub viel Abwechslung?“ – „Oh ja. Landregen, Platzregen, Gewitterregen!“

❀

„Warum schaltest du denn jedes Mal den Fernseher aus, wenn du aufs Klo gehst?“, fragt die Anette ihren Winfried beim „Tatort“-Anschauen. – „Ich will halt nichts versäumen!“

❀

Unterhalten sich drei Piloten, ein Amerikaner, ein Deutscher und ein Pole über ihre Blindflüge im Nebel. Sagt der Ami: „Ich halte den Arm raus, wenn ich die Fackel der Freiheitsstatue spüre, bin ich in New York. Der Deutsche: „Ich halte ebenfalls die Hand aus dem Fenster, wenn ich die Spitze vom Dom spüre, bin ich in Köln. Der Pole: „Arm raus, Arm rein, wenn Armbanduhr weg, bin ich in Warschau.“

❀

Wann wird es Zeit, über das Abnehmen nachzudenken? Wenn man am Strand liegt und die Leute von Greenpeace kommen vorbei, um einen ins Wasser zurückzuziehen!

❀

„Wollten Sie nicht Ihr Haus verkaufen!“ – „Stimmt, aber als ich die Beschreibung des Maklers in der Zeitungsannonce las, war ich so begeistert, dass ich es doch lieber behalten möchte!“

„Sind Sie erblich belastet?“ – „Nein, Herr Doktor, wir leben nur von dem Gehalt meines Mannes!“

❀

Ein Chinese und ein Berliner unterhalten sich. Nach dem Gespräch verabschiedet sich der Chinese mit den Worten: „Auf Wiedersehen, du Sohn der vielen Mütter.“ Der Berliner: „Wieso Sohn der vielen Mütter?“ Darauf der Chinese: „Ich glaube nicht, dass man von einer Mutter so eine große Klappe haben kann.“ Pikiert aber schlagfertig antwortet der Berliner: „Auf Wiedersehen, du Sohn der vielen Väter.“ Verdutzt fragt der Chinese: „Wieso Sohn der vielen Väter?“ Darauf der Berliner: „Ich glaube nicht, dass du von zwei Eiern so gelb geworden bist.“

❀

Ilse macht eine Karibik-Schiffsreise und schreibt Tagebuch.
Montag: Habe beim Spaziergang über das Promenadendeck den Kapitän getroffen. Er lud mich für morgen zum Essen am Kapitänstisch ein.
Dienstag: Beim Mittagessen versprach der Kapitän, mir die technischen Einrichtungen der Brücke zu zeigen.
Mittwoch: Auf der Brücke machte mir der Kapitän ein unmissverständliches Angebot. Ich werde aber hart bleiben.
Donnerstag: Der Kapitän will das Schiff mit Mann und Maus untergehen lassen, wenn ich heute Nacht auf sein Angebot nicht eingehe.
Freitag: Heute habe ich ein herrliches Gefühl ... Ich habe 1056 Menschen vom Tode errettet!

Die Vermieterin droht einem Studenten: „Entweder die rückständige Miete bezahlen oder sofort ausziehen!" – „Also gut, zieh ich mich halt aus", meint der.

❀

Wie lange hält dieser Zug?", wendet sich ein Fahrgast an den Schaffner. Meint dieser: „Bei guter Pflege bis 20 Jahre!"

❀

Auf der Toilette pinkelt einer 2-strahlig. Sein Nachbar fragt warum. „Altes Kriegsleiden." Am nächsten Tag pinkelt einer 5-strahlig. „Oh, altes Kriegsleiden?" – „Nein, der Reißverschluss ging nicht auf."

❀

„Ich kann mir gar nicht vorstellen, wie die Leute früher so ohne Telefon, Fax, Fernsehen, Internet usw. leben konnten", sagt Tina. – „Konnten sie ja auch nicht", antwortet Edith. „Du siehst doch, sie sind alle gestorben."

❀

Sagt Fritz zu seinem Freund: „Deine Frau soll gut im Bett sein." Antwortet dieser ohne lange zu überlegen: „Na ja, einer sagt's so und ein anderer sagt's so."

❀

Pünktlich zum Monatsende klingelt der Hausbesitzer an der Tür der jungen Dame, um die Miete zu kassieren. „Wer ist da?", fragt sie. „Der Hausbesitzer, ich will die Miete kassieren." – „Kommen Sie in zwei Stunden wieder, ich bezahle gerade die Stromrechnung!"

Es sagte eine wütende Ehefrau: „Deine dreckigen Witze kannst du an deinem Stammtisch erzählen, aber nicht zu Hause! Und außerdem kenn’ ich sie schon alle.“

❀

Ein Betrunkener deutet in der Straßenbahn auf die linke Sitzreihe und ruft: „Alles Idioten!“ Dann deutet er auf die rechte Reihe und ruft: „Lauter Ehebrecher!“ Einer von den Angesprochenen ist empört: „Das ist eine Unverschämtheit, ich bin seit zwanzig Jahren verheiratet und habe meine Frau noch nie betrogen!“ – „Dann setz dich mal rüber zu den Idioten!“

❀

Ein Einbrecher zwängt sich durch ein sehr enges Fenster und gerät in das Schlafzimmer eines jungen Mädchens, das nackt und schlafend auf dem Bett liegt. Er steht vor einem schier unlösbaren Problem: „Wenn ich’s tue, wird sie wahrscheinlich schreien und das ganze Haus aufwecken. Tu’ ich’s nicht, komme ich nicht mehr durch das enge Fenster!“

❀

„Meine Damen und Herren“, wendet sich der Pilot per Bordlautsprecher an die Passagiere, „ich habe eine gute und eine schlechte Nachricht durchzugeben. Die schlechte: Wir haben einen Flugzeugentführer an Bord. Die gute: Er will nach Hawaii.“

❀

„Was ist denn das für ein Krach nebenan?“ – „Die Nachbarn schlagen sich gerade ihren Urlaub aus dem Kopf!“

Es ist Sonntag und das Taschengeld ist fällig. „Also mein Sohn“, sagt der Vater, „diesmal kannst du wählen. Du kannst wie üblich 5 Euro haben, oder aber auch 50 Euro. Für die 50 Euro bekommst du allerdings von deiner Mutter noch eine Tracht Prügel, wenn du ihr gestanden hast, dass das rosa Höschen, das sie im Auto gefunden hat, von deiner Freundin stammt!“

❀

Die junge Dame, leicht angetrunken, gerät nachts in eine Polizeikontrolle. Der Polizist wittert sofort die Fahne und sagt: „Aussteigen, mein Fräulein, jetzt wird geblasen.“ „Gott sei Dank“, ruft sie erleichtert, „ich dachte schon, ich müsste ins Röhrchen pusten!“

❀

Frau Braun klagt ihrem Mann ihr Leid: „Stell dir vor, heute musste ich unsere Waschfrau entlassen, sie hat gestohlen!“ „Was fehlt denn?“, fragt Herr Braun besorgt. „Die Bettlaken aus dem Grand Hotel und die Tischdecken aus dem Hilton!“

❀

„Wenn es wirklich eine Seelenwanderung gibt, wäre ich im nächsten Leben gerne ein Kamel.“ – „Das wird nicht gehen!“ – „Warum nicht?“ – „Weil man nicht zweimal dasselbe wird!“

❀

„Ich habe mein Aussehen mit einer Million versichern lassen.“ – „Und was hast du mit dem Geld gemacht?“

Sprüche und Weisheiten:

Der Humor rückt den Augenblick an die richtige Stelle. (Erich Kästner)

Mach es wie die Sonnenuhr, zähl die heiteren Stunden nur.

Ein kluger Mensch macht nicht alle Fehler selbst, er gibt auch anderen eine Chance.

Das Leben ist ein wenig Sein, ein bisschen Schein und sehr viel Schwein.

Man sollte immer schenken, wenn andere nicht dran denken.

Alle Menschen sind schlau, die einen vorher, die anderen hinterher!

Es gibt Leute, die in jeder Suppe ein Haar finden, weil sie, wenn sie davor sitzen, solange den Kopf schütteln, bis eins hineinfällt.

Es gibt schweigsame Menschen, die interessanter sind, als die besten Redner. (Benjamin Disraeli)

Ein Blick der Liebe und ein Wort der Ermunterung erreichen mehr als viele Vorwürfe. (Don Bosco)

Mache einen Fehler nie zweimal, es gibt so viele andere.

Arbeit adelt ich bleibe bürgerlich

Meier kommt am Montag in die Firma und ruft: „Guten Morgen! Heute beginnt wieder die Robinson-Woche!“ Erstaunte Blicke der Kollegen – darauf er: „Na klar, alle warten auf Freitag!“

❀

„Für mich war die Arbeit in deinem Alter ein Vergnügen“, mahnt der Vater seinen Sohn. „Gestern hast du mir aber gesagt, dass ich nicht so oft ans Vergnügen denken soll!“, antwortet der Sohn schlagfertig.

❀

Zwei Handwerker arbeiten auf dem Dach eines Wolkenkratzers und von tief unten hört man die Sirene eines Rettungswagens. „Sagenhaft schnell sind die!“, sagt der eine, „es ist kaum drei Minuten her, dass mir der Hammer aus der Hand gerutscht ist!“

❀

Der Chef zu seinem Angestellten: „Sie arbeiten langsam, Sie denken langsam und Sie bewegen sich langsam. Gibt es eigentlich etwas, das Sie schnell machen?“ – „Ja, Herr Direktor, ich werde schnell müde!“

❀

Der Meister zum Lehrbub: „Also eins steht fest: Wenn ich nicht da bin, bist du der faulste Mann im Betrieb!“

❀

Schreinermeister zum Lehrling: „Mein Gott, stell dich doch an der Kreissäge nicht so dumm an! Dass sonst wieder was passiert, kannst du dir doch wirklich an deinen acht Fingern abzählen!“

Zwei Freundinnen unterhalten sich: „Mein Mann ist so beschäftigt, dass er jeden Abend seine Akten mit ins Bett nimmt.“ – „Ach, und mein Mann erst. Der hat so viel zu tun, dass er sogar seine Sekretärin mit ins Bett nimmt.“

„Der neue Manager hat versprochen, er werde neues Leben in unseren Betrieb bringen.“ – „Na und?“ – „Drei Sekretärinnen sind bereits schwanger!“

Eine schicke junge Dame im Vorzimmer. „Ist der Herr Direktor zu sprechen?“ – „Für Kurven wie Ihre immer!“ – „Dann melden Sie bitte seine Frau.“

Emil war eine Zeit lang ohne Job. Aber gestern kam er nach Hause und rief seiner bereits auf dem Balkon wartenden Frau zu: „Mia, Mia – ich hab ’ne neue Stellung!“ – „Altes Ferkel“, ruft sie tadelnd, „schau lieber zu, dass du eine richtige Arbeit findest!“

Der Direktor gibt dem Angestellten 100 Euro mehr Gehalt. „Seien Sie so gut und erzählen Sie niemandem davon, sonst wollen alle mehr.“ Schwört der Angestellte: „Darauf können Sie sich verlassen, davon erfährt noch nicht mal meine Frau.“

Der Polier schreit auf der Baustelle einen Maurer an: „Mach dei’ Zigarette aus, bei der Arbeit wird it graucht!“ – „Aber i arbeit’ doch grad gar it“, gibt der zur Antwort.

Meinungsaustausch ist, wenn man mit seiner Meinung zum Chef geht und mit dessen Meinung zurückkommt!

❀

Ein Mann, der sich als Bewerber um die Stelle als Bote beim Personalchef vorstellt, sagt auf die Frage, ob er verheiratet sei: „Na, i bin net verheirat', abr i mach trotzdem alles, was man mir sagt!"

❀

„Wenn i nur wüsst, wer no mit unserm Direktor gstorben isch!", sinniert der Thomas. – „Wieso?" – „Weil in de Zeitung schtoht: ‚Mit ihm starb unser fähigster Mitarbeiter'!"

❀

„Meine Herren", begrüßt der neue Chef seine Mitarbeiter, „was ich vor allem hasse, sind ‚Ja'-Sager. Wenn ich ‚Nein' sage, dann sagen alle ‚Nein', ist das klar?"

❀

Im Vorzimmer des Chefs sitzen drei Sekretärinnen, sagt die eine: „Ich habe gestern im Schreibtisch vom Chef ein Kondom gefunden." Sagt die zweite: „Ich habe ein Loch reingestochen!" Die dritte: „Ich glaube, mir wird schlecht ..."

❀

Der Chef zu seinem Buchhalter: „Sie arbeiten erst seit zwei Jahren bei mir, aber Sie haben schon eine halbe Million unterschlagen, mit meiner Frau haben Sie ein Verhältnis und meiner Tochter haben Sie ein Kind gemacht. Sollte ab jetzt noch die kleinste Unregelmäßigkeit vorkommen, dann werfe ich Sie raus!"

Chef und Sekretärin sind auf einer Geschäftsreise gezwungen, ein Doppelzimmer zu nehmen, denn alle anderen sind belegt. Fragt der Chef, als beide im Bett liegen: „Wie soll ich Sie angesichts der heutigen diffizilen Situation behandeln – als Sekretärin oder als Frau?“ – Haucht sie errötend: „Als letzteres ...“ Dreht sich der Chef auf die andere Seite: „Also dann – gute Nacht, Alte!“

❀

Der Seniorchef einer anerkannten Firma hält bei den Festlichkeiten zum sechzigjährigen Gründungsjubiläum vor zahlreichen Ehrengästen die Festansprache. In seiner frei gehaltenen Rede sagt er: „Ich habe bloß mit meinem Wissen und meiner Intelligenz, also praktisch mit nichts, angefangen, meine Firma aufzubauen!“

❀

„Haben Sie schon Urlaubspläne?“ – „Mich sollten Sie da nicht fragen! Meine Frau bestimmt, wohin wir fahren, mein Chef, wann wir fahren und die Bank, wie lange wir fahren!“

❀

Mit zerzausten Haaren, offener Bluse und puterrot kommt Sekretärin Marion aus dem Chefzimmer und stottert verlegen: „Der Chef konnte mal wieder seine Unterlagen nicht finden!“ – „Das kennt man“, sagt die erfahrene Kollegin, „und dann sucht er immer an den unmöglichsten Stellen!“

❀

„Wohin soll ich Sie fahren?“, fragt der Taxifahrer den gestressten Manager. „Das ist doch völlig gleichgültig, ich werde überall gebraucht!“

Frau Moser kündigt ihrem Mädchen: „Es tut mir leid, aber unter anderem haben wir jetzt auch einen Staubsauger, der Sie ersetzen wird.“ Meint das Mädchen: „Das wird aber für Ihren Mann eine ziemliche Umstellung sein.“

❀

Die Metzgersfrau: „Warum hast du denn von dem Opa nur den halben Preis für die Leberwurst verlangt?“ – „Dem muss ich dankbar sein, wenn der mich in der Schule nicht hätte sitzen lassen, wäre ich heute Akademiker und arbeitslos ...“

❀

„Meine Frau will sich im neuen Jahr auch selbst verwirklichen und arbeiten gehen.“ – „Und was will sie machen?“ – „Sie betreut die Kinder unserer Putzfrau!“

❀

Zwei Rentner schauen zu, wie in einer Werkstatt ein Automotor ausgetauscht wird. Nachdenklich meint der eine: „Du, das wär’ ’ne tolle Sache, wenn man das beim Menschen auch machen könnte.“ – „Ach, weißt du“, meint der andere, „ich wäre schon mit einer neuen Stoßstange zufrieden!“

❀

Sagt der Leutnant zum Unteroffizier: „Überprüfen Sie mal die Vergangenheit des Soldaten Huber. Nach jeder Schießübung wischt der Kerl seine Fingerabdrücke vom Gewehr.“

❀

Was sagte der Architekt im Jahre 1173 bei Baubeginn des Turms von Pisa?“ – „Fangen wir an, es wird schon schief gehen!“

Beamte bei der Arbeit

Treffen sich zwei Beamte auf dem Flur. Sagt der eine zum andern: „Kannst du auch nicht schlafen?"

❀

Der Landratsbeamte Schmied sitzt beim Frühstück, blättert in der Zeitung, gießt sich Kaffee ein, nimmt sich ein Brötchen, noch eins ... Frau Schmied wundert sich: „Gehst jetzt du heit gar it ins Büro?" – Er fliegt vor Schreck fast vom Stuhl: „Jessas noi, i hob denkt, i sei scho längst dett!"

❀

„Was bloß d' Leit gege eis hand?", hot a Beamter gsait. „Mir dund doch nix!"

❀

„Genau 78!", hot a Finanzbeamter gsait, wia sich a Bsucher gwundret hot, dass in deam Büro so viel Fluige hot.

❀

Warum dürfen Beamte kein Viagra nehmen? Weil dann zwei sinnlos rumstehen ...

❀

Auf dem Finanzamt: „Meine Güte, so nehmen Sie doch endlich Vernunft an!" – „Ich bin Beamter, ich darf gar nix annehmen ..."

❀

Ein Beamter lebt immer mit dem Risiko, eines Tages irgendeine Arbeit nicht mehr abschieben zu können.

❀

Was ist ein 08/15-Beamter? Null Ahnung, 8 Stunden am Tag im Büro, wird nach A 15 bezahlt ...

Ein Beamter sagt zu einem Bekannten: „Mein Hobby ist das Aquarium. Ich kann stundenlang nur dasitzen und die Fische beobachten.“ – „Was sagt denn Ihre Frau dazu?“ – „Die interessiert sich doch nicht dafür, was ich im Büro mache.“

Ein Gebet für die Gestressten

Gib mir die Kraft, Dinge zu akzeptieren, die ich nicht ändern kann, den Mut, Dinge zu ändern, die ich nicht akzeptieren kann, und einen Weg, die Körper derer verschwinden zu lassen, die ich heute umbringen musste, weil sie mich nervten.
Hilf mir aufzupassen, auf wessen Füße ich heute trete, da sie eventuell zu dem Hintern gehören könnten, in den ich möglicherweise morgen reinkriechen muss.
Hilf mir, bei der Arbeit immer 100 % zu geben ...
12 % am Montag
23 % am Dienstag
40 % am Mittwoch
20 % am Donnerstag
5 % am Freitag
Und wenn ich mal einen richtig schlechten Tag habe und es scheint, als wolle mich jeder anmachen, dann hilf mir nicht zu vergessen, dass es 42 Muskeln braucht, um ein verärgertes Gesicht zu machen, jedoch nur ganze 4, um meinen Mittelfinger auszustrecken, und ihnen zu sagen, wo sie’s hinstecken können.

Amen

Sprüche und Weisheiten

Ein Kluger merkt alles, ein Dummer macht über alles eine Bemerkung.

Wer zu viel unternimmt, richtet wenig aus.

Mechaniker sind nicht immer für eine lockere Mutter zuständig.

Nicht, was er mit seiner Arbeit erwirbt, ist der eigentliche Lohn des Menschen, sondern was er durch sie wird. (John Ruskin)

Viele Probleme erledigen sich von selbst, wenn man sie nicht dabei stört. (Ernst Waldbrunn)

Ein guter Rat in spaßiger Form ist oft besser als ernste Belehrung.

Die kürzeste Antwort ist das Tun.

Die Dummen leben von der Arbeit, die Reichen von den Dummen.

Nicht alle, die ihre Hände in den Schoß legen, sind auch untätig.

Übrigens:
Erst wenn du im Sarg liegst, hat man dich das letzte Mal reingelegt!

Künstler

„Haben Sie schon in meinem neuen Gedichtband gelesen?“ – „Ja.“ – „Und was hat Ihnen am besten gefallen?“ – „Dass der Nachdruck verboten ist!“

❀

Zwei Freundinnen gehen in die Oper. In der tritt ein Schauspieler in einem eng anliegenden Kostüm auf. Sagt die eine: „Was hat der doch für ein prächtiges Organ!“ – „Ja“, sagt die andere, „aber singen kann er auch!“

❀

„Ich werde demnächst im Ausland singen“, erklärt die Sängerin voller Stolz. Darauf der Kritiker: „Gnädige Frau, das finde ich aber sehr rücksichtsvoll von Ihnen.“

❀

Intendant zum Programmdirektor: „Wie finden Sie die neue Ansagerin?“ – „Ich halte sie für ein vielversprechendes Talent ...“

❀

Sagt der Reporter zum Kriminalroman-Autor: „Welches Ihrer Werke halten Sie selbst für Ihr raffiniertestes Werk?“ – „Meine Steuererklärung!“

❀

„Na, Rita, du warst ja gestern wieder bei deinem Maler und hast Modell gestanden. Hat er denn wieder tüchtig gepinselt?“ – „Nein, Anneliese, leider nicht. Gestern hat er nur gemalt, weil seine Braut dabei war!“

❀

„Kennen Sie den Barbier von Sevilla?“ – „Nein, wo denken Sie hin! Ich kenne nicht einmal alle Friseure in dieser Stadt!“

„Meine Karriere begann mit einem großen Busen in einem zu engen Pullover!“, sagte das ehemalige Filmsternchen. „Und wie hat sie geendet?“ „Mit einem dicken Bauch in einem engen Rock.“

❀

Partygespräch: „Sie sind doch sicher auch ein Tierfreund?“ – „O ja, am liebsten mag ich Lamm, Austern, Lachs und Hummer!“

❀

In der ersten Reihe raschelt jemand mit Bonbonpapier und knabbert Nüsse. Da unterbricht der Pianist seine Sonate und fragt: „Möchten Sie etwas Besonderes zum Essen hören, mein Herr?“

❀

Klein Boris ist mit seinen Eltern im Konzert. „Du, Papa, warum droht der Mann der Frau mit dem Stock?“ – „Der droht nicht, das ist doch der Dirigent!“ – „Ach? Und warum schreit sie dann so entsetzlich?“

❀

Der Klaus will seine Frau zum Geburtstag mit Theaterkarten überraschen. „Für den Barbier von Sevilla?“, wird er am Vorverkaufsschalter gefragt. „Nein, für meine Frau und mich!“

Übrigens:
Eine Frau, die mit dem ganzen Orchester schläft, nennt man eine Symphomanin!

Die Berühmtheit mancher Zeitgenossen hängt mit der Blödheit der Bewunderer zusammen.
(Gilbert K. Chesterton)

Tiere

Ein Vertreter kommt auf den Bauernhof und fragt die Bäuerin: „Wo kann ich Ihren Mann sprechen?" – „Er arbeitet gerade im Schweinestall – Sie erkennen ihn aber an der roten Mütze!"

❀

„Und das", sagt die Carola, „das sind meine Siamesischen Katzen!" Trude: „Und wie ist es dir gelungen, die zwei zu trennen?"

❀

Der Rotkehlchenvater kommt heim und stellt fest, dass ein fremdes Ei im Nest liegt. „Wie kommt dieses Ei hierher?", fragt er finster. Mutter Rotkehlchen lächelt verträumt und antwortet: „Tja, weiß der Kuckuck."

❀

„Ich habe einen herrlichen Sommer verlebt", sagt die eine Kuh. „In der Koppel war ein junger Stier, der mir viel Freude gemacht hat." – „Ach", sagt die andere traurig, „bei uns war nur ein blöder Ochse, der den ganzen Tag von seiner Operation erzählt hat!"

❀

Zwei Flöhe spielen Lotto. Eines Tages gewinnt der eine 1000 Euro. Fragt der andere: „Was willst du jetzt mit dem vielen Geld machen?" – „Ich kaufe mir einen Hund – ganz für mich allein!"

❀

Wie vermehren sich Stachelschweine? – Wie andere Säugetiere, aber viel vorsichtiger.

❀

„Es geht aufwärts!", sprach der Fisch, als er an der Angel hing.

Eine ältere Dame kommt in eine Zoohandlung und schaut sich die vielen Tiere an. Vor dem Papageienkäfig bleibt sie stehen und fragt: „Na du kleiner bunter Vogel, kannst du auch sprechen?“ Darauf der Papagei: „Na du alte Krähe, kannst du auch fliegen!“

❀

In einer zoologischen Handlung sitzen drei Papageien auf der Stange. Kunde: „Wie viel kostet der schöne bunte Ara?“ – „Der kostet 1.500 Euro!“ – „So teuer?“ – „Ja, aber der spricht auch zwei Sprachen und erzählt Witze.“ – „Wie ist es denn mit dem kleineren blauen Vogel?“ – „Noch teurer, 2.000 Euro, der kann aber auch drei Sprachen, kann russisch fluchen und weckt jeden Morgen pünktlich um 7 Uhr.“ – „Tja, dann bleibt mir eigentlich nur der unscheinbare graue Kerl dort.“ – „Das ist der teuerste!“ – „Was kann denn der?“ – „Nichts, aber die beiden anderen nennen ihn Chef!“

❀

Zwei Landwirte unterhalten sich: „Erinnerst du dich noch an den Namen des Potenzpräparates, das man deinem Zuchtbullen verschrieben hatte?“ – „Nein, aber es schmeckte nach Lakritze!“

❀

„Was soll man eigentlich machen, wenn einem eine schwarze Katze über den Weg läuft?“ – „Froh sein, dass man keine Maus ist!“

Übrigens:
Wer einen Kater hat, muss noch lange kein Tierfreund sein!